고양이를 위한 변명

고양이를 위한 변명

발행일	2022년 1월 17일

지은이	윤선애		
펴낸이	손형국		
펴낸곳	(주)북랩		
편집인	선일영	편집	정두철, 배진용, 김현아, 박준, 장하영
디자인	이현수, 김민하, 허지혜, 안유경	제작	박기성, 황동현, 구성우, 권태련
마케팅	김회란, 박진관		
출판등록	2004. 12. 1(제2012-000051호)		
주소	서울특별시 금천구 가산디지털 1로 168, 우림라이온스밸리 B동 B113~114호, C동 B101호		
홈페이지	www.book.co.kr		
전화번호	(02)2026-5777	팩스	(02)2026-5747

ISBN	979-11-6836-133-1 03810 (종이책)	979-11-6836-134-8 05810 (전자책)	

잘못된 책은 구입한 곳에서 교환해드립니다.
이 책은 저작권법에 따라 보호받는 저작물이므로 무단 전재와 복제를 금합니다.

(주)북랩 성공출판의 파트너

북랩 홈페이지와 패밀리 사이트에서 다양한 출판 솔루션을 만나 보세요!

홈페이지 book.co.kr • **블로그** blog.naver.com/essaybook • **출판문의** book@book.co.kr

---

작가 연락처 문의 ▶ ask.book.co.kr

작가 연락처는 개인정보이므로 북랩에서 알려드릴 수 없습니다.

시골 생활을 시작한 부부, 그리고
그들 곁을 맴도는 고양이 가족 이야기

고양이를 위한 변명

윤선애 지음

나는 산업로 113번길에 사는
고양이 하이입니다

북랩 book Lab

목
차

○

고양이를 위한 변명 🐾

작가의 말 🐾

　열기가 먼지를 놓아 버리는, 밤하늘이 별빛도 몇 개씩 뽑아내는, 그런 시간에 나는 태어났다. 누군가는 그런 시간을 "떠나가는 여름이 가을을 부르는 시간"이라고 했다. 내가 귀를 세워 소리를 들을 수 있게 된 무렵. 바람은 대나무를 타며 차차차, 물 흐르는 소리를 낸다는 것을 알게 되었다.

　어느 날, 나는 머리를 들어 저 위를 쳐다봤다. 길쭉하고 가는 이파리 하나가 그보다 더 위에 있는 무언가를 가리고 있었다. 모든 것이 흐릿했다. 한 번씩 불어오는 바람에 이파리가 흔들렸고, 나는 가려져 있던 파란 하늘에 내 머리를 담았다가 뺐다.

　파란 하늘이 더 높아지고 바람이 내 몸을 파고들 때쯤, 나는 걷기 시작했다. 나는 엉덩이를 뒤로 쭉 빼고는 앞다리와 뒷다리를 번갈아 뗐다. 나의 첫걸음은 그렇게 시작됐다. 내 첫걸음은 엄마를 조용히 웃게 했다. 엄마는 한 번도 큰 소리로 웃지 않았다. 바깥의 소리가 엄마의 웃음에 묻히면 안 된다고, 우리가 내는 소리가 바깥의 소리를 덮으면 안 된다고 했다. 엄마는 언제나 소리 없이 웃었다. 엄마는 늘 이렇게 말했다.

"소리를 담아야 한다. 대나무를 타고 흐르는 소리, 끼이익 문 여는 소리, 툭툭 돌 깨는 소리, 그리고 야오옹 유혹하는 소리. 귀에 방문하는 모든 소리를 기억해라."

나는 엄마의 말대로 모든 소리를 귀에 담았다. 차라락 대나무 이파리 떨어지는 소리, 누군가 두려움에 떨며 지붕 위로 올라가 야옹야옹 우는 소리, 드르륵 창문 여는 소리. 그 모든 소리를 귀에 담았다.

얼마 전부터 엄마는, 이제까지 들어 본 적이 없는 '드르륵 쾅 쾅 타다닥' 소리가 쉴 새 없이 들려오고 있다고, 꼭 무슨 일이 일어날 것 같다고 했다. 나는 그 소리도 가슴에 담았다.

어디선가 고소한 냄새가 났다. 우리가 있는 창고 지붕 근처에서 풍기는 냄새였다. 엄마는 내일쯤 그곳으로 가 보자고 했다. 엄마가 처음으로 나에게 어떤 냄새가 시작되는 곳으로 함께 가자고 한 것이다. 엄마와 함께 지붕 아래로 내려가는 첫날이라.

설레는 마음에 나는 지붕 위를 수도 없이 걸었다.

드디어 지붕 아래로 내려가는 날이다. 엄마가 앞에 가고, 나는 엄마 뒤를 따라갔다. 대나무 뿌리를 밟으며 조심스럽게 아래로 내려갔다. 드디어 낮고 평평한 수평의 공간으로 내려왔다. 아주 넓은 곳이었다. 한쪽 옆에는 뾰족한 잎들이 깔려 있었고, 그 나머지는 흙으로 덮여 있었다. 이곳은 수평적인 것들만 존재하는 곳 같았다.

고소한 냄새가 조금 전보다 진하게 풍겨서 엄마는 킁킁거리며 냄새가 나는 곳으로 걸어갔다. 나도 엄마를 따라 그곳으로 갔다. 엄마는 익숙한 듯 냄새의 진원지를 금세 찾았다. 도착한 곳에는 우리보다 먼저 온 파리 떼가 윙윙거리며 그 위를 날아다니고 있었다. 엄마는 킁킁거리는 소리로 파리 떼를 쫓아내고는 그곳에서 한참 동안 냄새를 맡았다. 나도 엄마를 따라 코를 킁킁거렸다. 익숙한 냄새였다. 엄마 배에서부터 맡았던 그 냄새였다. 엄마는 뾰족한 곳에 붙어 있는 것을 혀로 핥았다. 나도 엄마를 따라 혀로 핥았다. 짭조름하면서 고소한 맛이 느껴졌다. 엄마는 우리가 사는 저 높은 지붕 위에서부터 이 냄새를 쫓고 있었던 것인가 보다. 크고 묵직한 소리가 들릴 때마다 엄마의 가느다란 수염은 파르르 떨렸고 귀는 빙그르르 돌았다.

어느 날. 툭, 하는 소리가 들렸다. 엄마는 거대 고양이가 바스

락거리는 무언가를 던지는 소리를 들은 것이다. 소리와 함께 풍기는 비릿하고 고소한 냄새의 정체를 알아낸 엄마는 젖을 문 우리를 급히 떼어 놓으려 했다.

"엄마, 나도 가면 안 돼?"

엄마는 망설이듯 나를 한번 쳐다봤다. 그러곤 이내 내가 바라던 결정을 내려 주었다.

"저번처럼 소리에 집중해야 해. 조심히 발을 디뎌야 해. 누군가 우리 발소리를 귀에 담지 않도록 조심히 걸어야 해. 거대 고양이가 우리 쪽으로 오면 어두운 곳을 찾아 도망가야 해. 할 수 있겠니?"

"엄마, 사실 며칠 전에도 나 혼자 돌담 아래까지 내려갔었어. 아래로 내려갈 때 무슨 뿌리 같은 것과 돌이 툭 튀어나와서 재미있었어. 저번에 그랬던 것처럼 엄마와 함께 아래로 가고 싶어."

엄마와 도착한 곳에는 고소한 냄새를 풍기는 어떤 것이 구덩이에 불룩하게 솟아 있었다. 엄마와 나는 뾰족한 것에 붙어 있는 하얀 살을 다 발라 먹고, 거기에 있는 뿌연 물까지 마시고, 우리가 머무는 곳으로 가기 위해 뒤돌아섰다. 우리는 흙길을 지나 단단하고 평평한 돌이 있는 곳에 다다랐다. 그곳에는 둥근 돌기둥이 있었다. 엄마는 홀린 듯 한참 동안 둥근 돌기둥을 보았다.

"엄마, 안 가?"

"가야지…."

"엄마, 왜 그래?"

가까운 곳에서 끼이익, 무언가가 열리는 소리가 들리고 이어서 쿵, 닫히는 소리가 들렸다.

"엄마, 무서운 소리가 들려. 빨리 집으로 가자."

엄마는 내 말이 들리지 않는지 미동도 하지 않았다. 나는 폴짝 뛰어 엄마와 입을 맞추고는 엄마의 젖을 찾아 빨았다. 엄마는 그제야 정신이 든 듯 젖을 문 나를 떼어 놓고는 혀로 내 눈을 핥고, 코를 핥고, 귀를 핥았다. 엄마는 걸어가다 다시 뒤돌아서서 둥근 돌기둥을 쳐다봤다. 잠깐 엄마 눈이 젖는 것 같았다.

우린 걸어서 내가 태어난 곳, 울퉁불퉁한 창고 지붕 위에 도착했다. 나는 엄마와 함께 수평의 공간에 다녀왔다는 데 대한 설렘으로 들떠 있었지만, 어쩐지 엄마는 침울해 보였다. 아까 먹었던 살 맛이 이상했나? 나는 엄마에게 다가가 오른쪽 앞다리를 들어 엄마의 얼굴을 톡톡 치며 엄마 코에 입을 맞췄다. 엄마는 그제야 옆에 내가 있는 걸 알았다는 듯이 내 목과 귀를 핥고, 엉덩이를 핥았다. 이제 막 대나무밭에 도착한 오빠들은 우리를 발견하고는 뛰어서 우리 곁으로 왔다. 엄마는 이제 막 돌

10

아온 오빠들의 코를 핥고, 눈을 핥았다.

바람이 살랑살랑 불어온다. 바람을 받아 안은 잎은 그 바람을 또 다른 잎으로 전해 줬다. 잎을 핥으며 지나가는 바람은 차가운 물소리를 낸다. 나는 잎이 내는 시원한 물소리를 듣다가 깜박 잠이 들었다.

내가 다시 눈을 떴을 때 드르륵, 무언가가 열리는 듯한 소리가 들렸다. 내 곁에 누운 엄마는 소리가 나는 곳으로 달려갔다. 그러곤 이내 다시 돌아왔다. 엄마의 입에는 어떤 냄새의 흔적도 없었다. 엄마는 아무것도 입에 넣지 못하고 우리에게 돌아와선 젖을 물렸다. 오빠들과 나는 엄마 젖 하나씩 차지하고 힘차게 빨아 당겼다. 조금 전까지 엄마 몸에 있던 어떤 것이 내 입으로 들어왔다. 나는 엄마가 먹었던 고기 맛이 나는, 드르륵 소리에 달려갔던 엄마의 땀 냄새가 나는, 어떤 것을 삼켰다. 엄마 젖을 빨면 아무것도 먹지 못하고 터덜터덜 돌아온 엄마의 아쉬움도 함께 삼키는 것 같다. 나는 슬프기도, 기쁘기도 한 엄마의 삶을 삼키며 날마다 자랐다. 엄마와 나는 언제나 함께했다. 다시 바람이 불어왔다. 우리는 지붕 위에 누워 바람이 대나무를 찾아드는 소리를 들으며 눈을 감았다.

서늘한 바람이 불어오자 엄마가 우리를 두고 어디론가 가는 날이 많아졌다. 햇빛이 우리를 비추면 나는 눈을 껌벅이며 잠을

11

잤다. 햇빛이 구름과 만날 때면 멈췄던 바람이 길을 내며 우리를 타고 어디론가 흘러갔다. 나는 추위를 느끼며 지붕 위를 있는 힘껏 달렸다. 생각으론 대나무를 타고 가는 바람보다 빨랐지만, 네 다리는 그저 울퉁불퉁한 지붕 위를 걷고 있을 뿐이었다. 다시 뛰었다. 옆에 있던 오빠와 함께 지붕 위를 뛰었다.

대나무 가지가 흩어지자 다시 햇볕이 찾아들었다. 햇볕에 털을 말리며 지붕 위를 뛰던 나는 무엇인가에 홀린 듯 어제 엄마와 함께 갔던 지붕 아래로 내려갔다. 언제나처럼 불룩 튀어나온 대나무 뿌리를 밟고, 돌부리도 밟으며 아래로 내려갔다. 천천히 걸어가다 무슨 소리가 들리면 나는 어둡고 좁은 곳을 찾아들어 몸을 숨겼다.

소리가 멈추면 나는 엄마가 앉아서 한참을 바라보던 둥근 돌기둥이 있는 곳으로 갔다. 그곳에는 아무것도 없었다. 엄마는 도대체 무엇 때문에 그곳에 한참을 앉아 있었을까? 나는 다시 어제 엄마와 함께 고기를 뜯어 먹던 곳으로 갔다. 하얗게 붙어 있던 살은 없어지고 거무죽죽한 물들이 그곳에 고여 있었다. 둔중한 어떤 소리가 이쪽으로 오는 것 같아 나는 얼른 그늘진 곳으로 몸을 숨겨, 소리가 멈추기를 기다렸다. 소리는 이내 멈췄다.

"야오옹, 야오옹."

멀지 않은 곳에서 엄마의 낮은 울음소리가 들렸다. 아마도 사라진 나를 찾는 소리일 것이다. 나는 뭐라도 입에 물어서, 내가 컸다는 걸 그것으로 엄마에게 증명하고 싶었다. 하지만 그곳에는 내가 뜯을 살점은 없었다. 나는 뒤뚱거리는 아이가 되어 우는 엄마를 찾아갔다. 엄마의 울음은 점점 크게 변해 둥근 돌기둥에서 멈췄다. 나는 소리가 넘순 곳에서 임마를 민났다.

나는 엄마를 만난 반가움에 얼른 엄마 곁으로 가서는 앞발을 들어 엄마 입을 톡톡 쳤다. 엄마가 선 곳에서 엄마의 시선이 멈춰 있는 곳을 나도 따라 바라봤다. 그곳은 고소한 냄새도, 흥겨운 소리도, 서늘한 바람도 찾아오지 않는 곳이었다. 아무것도 없는 그런 곳에서 엄마는 앉아 있었다. 엄마는 내가 옆에 있다는 것도 잊었는지 가만히 앉아 있었다.

"엄마, 나 여기 있어."

"응·응."

"엄마, 여기만 오면 왜 말이 없어져? 내가 얼마나 엄마를 불렀는데…."

"엄마가 너 혼자 여기로 오지 말라고 했잖아. 여기는 아주 위험한 곳이야. 아직은 너 혼자 오면 안 돼."

"오늘은 큰 소리도 들리지 않았고, 거대 고양이도 없었어."

"위험은 예고하고 오는 게 아니야. 어느 날 불쑥 찾아와서는 여기저기 할퀴고 가니까 위험하다고 하는 거야. 네 귀에 많은 소리를 담아야 하고, 네 코에 많은 냄새도 묻혀야 해. 기억하고 기억해야지만 위험을 조금 먼 곳으로 떨어뜨릴 수 있어. 너는 아직 걸어야 하고, 그리고 수도 없이 뛰어야 하고, 곳곳에 있는 장애물도 건너뛰어야 해. 엄마도 그랬어. 그래도 여전히 위험은 멀지 않은 곳에 있어. 위험은 먼저 소리로 천천히 다가와서, 갑자기 들이닥친단다. 어서 가자."

"알았어. 엄마, 그런데 엄마는 왜 여기만 오면 아무것도 하지 않고, 가만히 서 있는 거야?"

"나중에 때가 되면 이야기해 줄게."

"응."

엄마와 나는 돌부리를 밟고 대나무 뿌리를 밟으며, 우리의 집이기도 하고 대나무의 집이기도 한 곳으로 올라갔다. 우리의 집이기도 하고 대나무의 집이기도 한 창고 지붕 위의 시간 위를, 서늘한 바람이 길을 내고 있었다. 또 하루가 간다.

우리의 시간은 네 개로 분할된다. 밤의 시간, 아침의 시간, 낮의 시간, 저녁의 시간. 우리 종족은 그때그때 다른 빛깔의 시간 위에서 살아간다. 지금 우리는 지붕 위에서 깜깜한 밤의 시간을 보내고 있다. 그리고 걷고 있다. 지난 시간의 흔적인 떨어진 잎을 밟으며, 또 그곳에 우리의 시간을 덧붙이며 걷는다. 쌓인 이파리에 코를 대고 킁킁거리며 앞서 걷는 엄마를 따라, 나도 누군가의 흔적을 찾고, 나의 흔적을 남기며 걷는다.

저 아래에선 희미한 불빛이 새어 나와 바닥에 뿌옇게 번지고 있다. 저 불빛이 꺼지면 우리는 더 큰 빛으로 아침의 시간을 맞는다.

○

2년 동안 울산에서 근무하게 된 나는, 글을 쓰는 아내의 권유로 시골에 집을 얻어 살기로 했다.

나는 촌에서 나고 자랐기 때문에 시골 생활이 단조롭고, 지루하고, 변화가 없는 일상의 연속이라는 것을 알고 있었다. 자신이 변화를 주지 않는 한 영원히 변하지 않는, 그런 삶의 연속이라는 걸 나는 이미 알고 있었다.

아내의 이번 결정이 '시골의 삶은 당연히 목가적일 것'이라는 막연한 동경과 호기심에서 비롯됐다는 것, 그것 또한 나는 알고 있었다. 시골 사람들, 그 삶의 깊이를 이해하지 못하고 내린 아내의 결정이었다. 나는 아내의 결정에 염려도 되었지만, 어쩌면 내 삶의 처음이자 시작을 돌아볼 수 있겠다는 약간의 기대로 시골 생활을 시작했다. 우리가 구한 시골집이 있는 곳은, 엄밀히 말하자면 완전한 시골도 아니었다. 시대의 흐름에 따른 변화가 시골집 옆으로 작은 공장들을 다닥다닥 붙여 놓아서, 마을 전체가 작은 공장에 둘러싸여 있는 것처럼 보였다. 가내 수공업보다는 규모가 크고 중소기업이라고 하기에는 작은, 그런 공장들이 집 주변으로 따닥따닥 붙어 있었다.

어쨌든 우리가 구한 시골집은 마당이 넓었다. 그 넓은 마당에는 잔디가 심어져 있었다. 집 뒤에는 제법 규모가 큰 대나무밭이 있었다. 내가 집 이야기보다 마당의 넓이와 대나무밭의 규모를 먼저 이야기하는 이유는, 우리가 구한 집은 말 그대로 '집'의 기능만 하는 곳이고, 심미적인 것과는 거리가 멀었기 때문이다. 넓은 마당과 집 뒤의 대나무밭은 아내가 생각하는 시골 생활의 환상을 완성하는 구성 요소였다. 아내는 집의 내부도 보려고 하지 않고, 넓은 마당에 심어진 잔디와 대나무밭만 보고는 무조건 이 집으로 정해야 한다고 했다. 나는 아내의 단순한 점이 좋았지만, 한 번씩 막무가내식인 이런 단순함에 기겁할 때도 있었다. 하지만 나는 이 집을 선택하는 것으로 아내의 소박한 꿈을 이루는 걸 돕기로 했다. 집은 나보다는 아내의 시간이 더 많이 머물 예정이기에, 아내가 그 시간을 소유할 수 있게 나는 힘껏 돕기로 했던 것이다.

우리는 2월에 시골집으로 이사 왔다. 다시 본 우리 마당은 딱 반으로 나눴을 때 한쪽은 흙으로 덮여 있었고, 그 나머지 반쪽은 누런 잔디가 깔려 있었다. 2월의 마당 넓은 집은 황량했다. 마침 겨울의 늦추위가 기승을 부리고 있어 더욱 황량해 보였다. 우리 둘만으로는 이 집의 온도가 쉽게 오르지 않을 것 같았다. 아내는 여전히 설레어했다. 도시에서 나고 자라서 그런지, 누런 잔디밭도 신기하다고 했다. 그리고 그냥 있는 그대로의 겨울인 것 같아서 좋다고도 했다. 도시에서 맞는 계절은 모두 집 밖에서 멈춰 버리고, 집 안에는 언제나 한 계절만 있는 것 같다면서. 여러 가지 이유로 아내는 들떠 있었다. 그런 아내의 설렘은 어쩐지 나를 더욱 불안하게 했다.

2월이 끝나갈 무렵, 누런 잔디 사이로 짙은 초록색이 빼꼼 올라왔다. 아내는 그게 또 그렇게 신기한지, 그쪽으로 달려가서는 아예 자리 잡고 앉아서 무언가를 손으로 뜯기 시작했다. 그러고는 신기한 것이라도 발견한 것처럼, 이제 막 퇴근해 집으로 돌아온 나를 향해 들뜬 목소리로 손짓하며 불렀다.

"도경 씨, 이쪽으로 빨리 좀 와 봐."

"왜? 급해? 나 좀 씻고 싶은데…."

"10분이면 돼. 이쪽으로 빨리 좀 와 봐. 지금 오지 않으면 당신 후회한다."

나는 아내의 흥분에 동참하기 위해서 아내가 있는 쪽으로 갔다. 아내는 이제 막 돋아난 초록색 쑥을 가리키며,

"이거 쑥 맞지?"

하고 물었다.

"응. 봄에 흔하게 볼 수 있는 게 쑥인데, 쑥이 그렇게나 신기해?"

"엄마가 끓여 준 쑥국은 먹어 봤지만, 이렇게 땅에서 돋아나는 쑥은 처음 봐. 나한테 쑥국은 그냥 국의 한 종류일 뿐이었지, 봄에 이렇게 초록색으로 돋아나는 쑥이 들어간 것인 줄은 몰랐어."

아내는 엄마 배에서 이제 막 나와 처음으로 세상을 구경하는 아이처럼 흥분했다. 나는 아내와 함께 마당에 앉아 쑥을 한번 만져 봤다. 매끈했다. 겨울의 한기가 아직 쑥에 남아 있었다. 시간의 역사가 쑥을 훑고 지나간 것 같았다. 어린 시절. 우리가 겨우내 하던 자치기에도 지쳐 가고, 하늘을 날던 연도 땅으로 내려올 무렵. 초록색으로 돋아난 쑥은 봄이 왔다며 땅, 칼같이 계절을 알려 주었다. 쑥에는 그런 나의 어린 시절의 흔적도 있었다. 우리는 한참을 앉아서 쑥을 보고, 뜯었다. 물론 저녁상에는 쑥으로 만든 반찬은 없었지만, 우리는 마당에 돋아난 쑥을 저녁 시간의 이야깃거리 삼아 씹었다.

올해는 6월 중순부터 더위가 기승을 부렸다. 시골 마당의 흙은 뜨거운 낮의 열기로 푸석거렸다. 이른 더위에 지친 풀들은 벌써 잎

을 축축 늘어뜨렸다. 그러면서 아내의 시골에 대한 환상도 서서히 식어 갔다. 봄에 돋아나는 초록색 풀과 마당의 연두색 감잎에 열광하던 아내는, 우리나라 6월은 특징이 없다며 투덜댔다.

매사에 아이처럼 단순한 아내가 지겨워한다는 건 무언가 새로운 생각을 하고 있다는 말이다. 그리고 그 끝에는 항상 엄청난, 내가 도저히 쫓아갈 수 없는 결정을 내리고는 무조건 따라야 한다고, 그러지 않으면 자신은 우울할 것 같다고 말한다. 그러면서 며칠간 온 세상에 흥미 잃은 얼굴로 나를 대면할 것이기에, 나는 조금이라도 아내의 환상이 이어질 수 있는 작은 사건이라도 일어났으면 하는 바람이었다.

아내는 지루한 얼굴로 6월과 7월을 보냈다. 8월은 어쨌든 몹시 덥다는 특징도 있고, 휴가를 내 어디라도 다녀올 수 있으니 그나마 다행이었다. 한 가지 일에 파고드는 아내의 기분이 조금은 나아질 것이다.

내가 계획한 대로 우리는 휴가를 내어 기분 좋게 떠났다. 아내가 예약한 호텔에서 3일을 보내며, 아내가 원했던 빵집도 탐방하고, 좋아하는 앙버터 빵도 먹었다. 우리는 차에서 흘러나오는 노래를 따라 흥얼거리기도 했고, 가벼운 농담을 즐기며 집으로 돌아왔다. 내 예상대로 아내의 기분은 확실히 좋아 보였다.

우리는 왕복 8차선 산업도로의 3차선에서 차를 달리다 우리 집으로 가기 위해 4차선으로 차선을 변경했고, 골목길로 접어들었다. 넓지 않은 입구를 통과하기 위해 차를 천천히 몰아서 마당 안으로 들어왔다. 내가 주차하려고 차를 조금 꺾었는데 마당에 무언가가 이리저리 흩어져 있었다. 결코 좋은 느낌이라고 할 수 없는 무언가가 마당에 뿌려져 있었다. 너무 오랫동안 운전을 해서 내가 헛것을 보는 건가 싶어 손으로 눈을 비비고 다시 마당을 봤다. 확실히 기분 나쁜 무언가가 우리 마당에 여기저기 흩어져 있었다.

"어, 저게 뭐지? 마당에 뭔가 있는데…."

아내는 혼잣말처럼 중얼거린 내 말에 잠이 깼다.

"도경 씨, 뭐가 있다는 거야?"

"우리 마당에 쓰레기 같은 게 있어."

"어디, 어디?"

"저기, 잔디 심겨 있는 곳에."

"어, 그러네."

아내는 내가 주차하기도 전에 차에서 내려 잔디가 심겨 있는 곳으로 뛰어갔다. 그리고 이곳에서 처음으로 봄을 맞을 때처럼 흥분한 목소리로 나를 불렀다.

"도경 씨, 빨리 이쪽으로 와."

아내가 있는 곳으로 가 보니 잔디밭은 처참하다 할 정도로 더럽혀져 있었다.

"도경 씨. 이 쓰레기, 누군가 의도적으로 우리 집에 버리고 간 것 같지는 않아."

"왜?"

"쓰레기가 종량제 봉투에 담겨 있기도 하고, 누가 20리터나 되는 종량제 봉투를 들고 와서 우리 마당에 버리고 갈 이유는 없잖아."

"그렇긴 하지만 하필이면 우리가 휴가 간 틈을 타 쓰레기를 버리고 간 것은 이상한데. 이 동네는 시골이라 쓰레기 수거하는 차가 대문 앞까지 오지 않아서, 사람들이 큰길가에 종량제 봉투를 내놓잖아. 그런데 왜 그곳에 종량제 봉투를 갖다 놓지 않고, 하필이면 우리 마당에 종량제 봉투를 놓고 갔을까? 그리고 또 누가 왜 이렇게 찢어 놓았지?"

"나도 쓰레기가 담긴 종량제 봉투가 어떻게 우리 집에 오게 됐는지 궁금하긴 해. 하지만 여긴 CCTV도 없어서 누가 종량제 봉투를 우리 집에 가져다 놓았는지 알 수 없어. 이번에는 어쩔 수 없이 그냥 넘어가야 할 것 같아. 다음에 또 이런 일이 생기면 방법을 찾아봐야지."

"그러게. 뭐, 그렇게 할 수밖에 없지. 당신 말대로 딱히 우리가 할 수 있는 일도 없잖아. CCTV라도 있으면 범인을 찾을 수 있겠지만, CCTV가 없으니 지금은 범인을 찾을 방법이 없지. 기분은 좀 안 좋네. 기분 좋게 여름휴가 다녀오자마자…."

아내는 내 기분과는 상관없이 벌써 무언가에 홀린 것 같은 눈을 했다. 내 푸념 소리도 들리지 않는 것 같았다.

"도경 씨. 피곤할 텐데, 쓰레기는 내가 치우고 들어갈 테니 짐만 들고 집 안으로 먼저 들어가."

아내의 목소리는 휴가철에 놀러 갈 계획을 세울 때보다 더 들떠 있었다. 내가 원하던 대로 작은 사건이 일어나긴 한 것이다. 마당에 버려진 쓰레기로 아내의 시골에 대한 환상은 다시 깨어나고 있었다. 마당에서 쓰레기를 감상하는 아내, 그런 아내의 환상과 함께할 수 없을 만큼 나는 피곤했다. 나는 짐 가방을 들고 집 안으로 들어왔다.

잠시 뒤, 집 안으로 들어온 아내는 쓰레기에서 발견한 단서를 나에게 보고하기 시작했다. 아내는 시골의 봄을 처음 맞는 소녀에서 이제는 범인을 잡으려는 형사로, 그 역할을 바꾸고 있었다.

"도경 씨. 종량제 봉투에는, 먹다 남은 치킨, 닭 뼈를 싼 새마을 금고 달력, 쌈장, 그리고 고기를 굽고 기름을 닦은 휴지가 잔뜩 들어 있었어. 고소한 냄새가 나는 걸 보면 고기를 구워 먹은 지 얼마 되지 않은 것 같아. 그러니까 우리 마당에 쓰레기가 버려진 지 얼마 되지 않았다는 말이지. 근처 공장에서 단체 회식이라도 한 건가? 기름 묻은 달력과, 키친 타올이 아닌 휴지가 잔뜩 있었어."

"집 주변의 공장에서 일하는 사람들이 치킨도 시켜 먹고, 고기도 구워 먹을 수도 있겠지. 당신 말대로 회식을 했을 수도 있겠네. 그런데 도대체 누가 고기를 구워 먹고 그 찌꺼기를 우리 마당에 갖다 버렸을까? 우리가 이 동네로 와서 사람들에게 실수한 일이라도 있었나? 하필이면 기분 좋게 여행 다녀온 후에 이런 일이 생기니까 뭔가 찜찜하네."

"당신은 신경 쓰지 마. 내일 앞집에 가서 물어볼게."

"앞집, 누구? 당신, 이곳에서 벌써 친구 사귀었어?"

"도경 씨, 온종일 집에 있는 내가 뭐 하면서 하루를 보낼 것 같아? 여기에는 내가 아는 사람도 없는데…. 우리 앞집은 자동차 화물 계측하는 곳인데, 흔히들 계량사라고 부르는가 봐. 어쨌든 앞집의 유민 엄마는 나하고 나이대가 비슷하고, 커피도 좋아해서 한 번씩 오가며 커피 마시고 이야기도 해. 유민 엄마는 고향이 대구인데 결혼하고 울산으로 왔대. 계량사 운영하시던 시아버지가 돌아가시면서 유민 아빠가 그것을 맡아서 하게 됐나 봐."

"앞집 사람들도 휴가 다녀왔겠지."

"도경 씨, 계량사 운영하는 사람들은 거의 자리를 비울 수가 없나 보더라고. 언제 화물차가 계측하러 올지 모르니까. 사람 쓰기도 좀 그런가 봐. 요즘 계량사가 많이 생겨서 경쟁이 치열한가 봐. 이 동네에도 계량사 운영하는 곳이 두 군데나 있대."

"하긴 그러네."

다음 날, 아직은 여름휴가 기간이 며칠 남았지만, 우리는 어딜 가지 않고 집에서 쉬면서 휴가를 마무리하기로 했다. 나는 늦은 아침을 먹고는 텔레비전으로 메이저리그 중계를 보았다. 아내는 밥 먹은 다음부터 시계만 쳐다봤다.

"당신, 중요한 약속 있어? 아끼부터 계속 시계만 보던데…"

"내가 그랬어?"

"응."

"앞집에 커피 마시러 가려는데 점심때가 다 돼서…. 지금 유민 엄마 집에 가기도 그래서…. 어떻게 해야 하나 생각 중이야."

아내의 시골에 대한 환상은 유지됐다. 아내의 환상은 마당의 잔디와 쑥에서 이제 우리 마당에 버려진 쓰레기의 정체를 탐색하는 것으로 옮겨 갔다. 커피를 마실 완벽한 때를 기다리는 아내는 초조해 보이기까지 했다. 유민 엄마를 보러 갈 완벽한 타이밍을 위해 우리는 점심을 간단하게 해결했다. 나는 집에서 쉬었고, 아내는 탐색을 위해 커피를 구실 삼아 앞집으로 갔다. 나는 깜박 잠이 들었다. 나를 부르는 아내의 목소리에 잠이 깼다.

"어, 어, 왜? 왔어?"

"깊이 잠들었나 보네."

"어, 아니, 아니. 왜? 무슨 일이야? 유민 엄마 벌써 만나고 온 거야?"

"응. 유민 엄마 집에 꽤 오래 있었는데…. 당신 깊이 잠들었나 봐. 도경 씨. 유민 엄마가 그러는데 이번 주에 여기, 이 동네 크고 작은 공장들 대부분 휴가 들어갔대. 그리고 화물차 기사분들도 대부분 8월 첫 주가 휴가라네. 그래서 자기들도 2박 3일 어디 다녀왔다나 봐. 우리보다 하루 늦게 여행 떠나서 우리와 같이 어제 집에 도착한 거지. 그래서 우리 집에 쓰레기를 누가 버렸는지 모르겠대. 자기들이 떠날 때까지는 우리 마당에 아무것도 없었다네."

"그럼, 유민 엄마가 여행 떠난 그날이나 그다음 날, 아니면 우리가 집으로 돌아오기 전날에 마당에 쓰레기가 버려졌다는 거네. 도대체 누가 그랬을까? 다들 휴가를 떠나 텅 빈 동네에, 텅 빈 우리 마당에 누가 종량제 봉투를 버리고 갔을까? 마치 우리 집을 겨냥하고 누군가 일부러 종량제 봉투를 버리고 간 것 같아. 옜다, 쓰레기나 먹어라, 이러는 것 같은데…. 우리가 이곳으로 이사해서 사람들에게 잘못한 일은 없었지? 우리한테 무슨 억하심정이 있기에 아무도 없는 우리 마당에 쓰레기를 이렇게 무자비하게 버리고 갔을까?"

"나도 그 부분은 조금 걱정이 되긴 해. 우리가 무의식중에 동네 사람들에게 실수한 건 없는지 생각해 봐야겠어."

"그런데 주영아. 생각해 봐. 애초에 우리가 집 밖으로 잘 나가질 않았는데 어떻게 사람들에게 실수를 하지? 여기는 시골이라 볼일이 있어도 대부분 차를 운전해서 이동하는데… 우리가 집 밖으로 나가질 않은 게 실수라도 되는 거야? 요즘에도 이사하면 신고식 같은 걸 해야 하나?"

"유민 엄마 말로는 오랫동안 이 마을에서 살았던 사람들 대부분 이주하고 몇 집밖에 안 남있대. 우리 집만 히더러도 크고 작은 공장으로 둘러싸여 있잖아. 우리 집 주변의 크고 작은 공장들 돌아다니며 우리 이사 왔다고 떡 돌리는 것도 우습지 않아? 그리고 나도 유민 엄마하고 커피 마시는 것 외에는 거의 집 밖으로 나가지 않는데, 실수할 일은 없지."

아내는 짐짓 심각한 표정을 지었다. 그러면서도 마당에 버려진 쓰레기에 대한 호기심은 여전해 보였다. 아내의 호기심이 우리를 계속 이곳에 머물게 했다.

'철커덕, 쿵.'

　냄새와 함께 문이 열리는 소리가 들렸다. 엄마와 나는 수평의
공간으로 내려와 구석진 곳에 몸을 숨겨, 냄새와 멀지도 가깝
지도 않은 그 거리쯤에서 움직였다. 툭툭, 누군가 걸어가는 소
리를 따라 우리는 조용히 움직였다. 대나무밭과 이어지는 작은
흙밭에 무언가가 두두둑 하고 쏟아져 내렸다. 엄마와 나는 그곳
으로 잽싸게 뛰어갔다.

　벌써 우리보다 먼저 온 누군가가 있었다. 엄마와 나는 그곳과
얼마쯤 떨어진 곳에 앉아서 우리 차례가 되기를 기다렸다. 시간
은 느리게 갔다. 찹찹, 핥는 소리만 그곳에 있었다. 핥는 소리에

맞춰 나는 시간을 핥았다. 나 혼자 한참을 무언가를 핥는 흉내를 냈다.

드디어 우리 차례가 되자 엄마와 나는 그곳으로 달려갔다. 엄마가 무언가를 핥기 시작하자 나도 기름진 어떤 것에 코를 대 냄새를 맡은 후, 이빨로 그것을 떼어 씹었다. 이빨로 뗀 고기가 너무 질겨 목으로 넘기지 못하고, 나는 그만 그것을 뱉어 내고 말았다. 엄마는 한쪽 눈을 감은 채 이빨로 뗀 고기를 잘근잘근 씹었다. 그리고 한 번씩 두 눈을 감았다.

고기를 다 먹은 후, 우리의 집이면서 대나무의 집인 곳으로 돌아갔다. 집으로 갈 때면 늘 그렇듯 우리는 둥근 돌기둥을 지나쳐 왔다. 엄마는 언제나처럼 그곳에 잠시 멈춰 섰다. 나도 엄마를 따라 그곳에 멈춰 섰다. 공간은 멈춰 있고, 시간만 조용히 흐르는 것처럼 느껴졌다. 하지만 엄마의 시간만은 그곳에 서면 멈춰 버렸다.

엄마는 우리를 남겨 두고 또 어딘가를 다녀왔다. 그리고 다시 우리에게 젖을 물렸다. 나는 엄마의 젖꼭지를 입으로 물고는 앞발로 엄마 젖을 꾹꾹 누르며 빨았다. 엄마 젖이 내 목을 타고 몸으로 들어왔다. 나는 따뜻한 엄마 젖을 입에 물고 서늘한 바람을 맞았다. 우리는 서로에게 몸을 붙이고, 머리로 몸을 베고 누웠다. 바람이 대나무 이파리를 훑으며 지나갔다. 바람이 대나무를 만나면 차가운 소리가 만들어졌다.

'차차차, 쏴아쏴아.'

우리는 몸을 더욱 붙였다. 점점 밤의 시간이 길어졌다. 우리는 낮의 시간에는 대나무밭에 깃든 온기를 찾아다니다 밤의 시간이 되면 집으로 돌아와 몸을 비비며 누웠다. 저 아래 뿌연 불빛은 그 빛만으로도 따뜻할 것 같았다. 불빛은 늦게까지 꺼지지 않았다. 나는 어느 순간 그 불빛에 이끌려 그곳으로 내려갔다. 뿌연 불빛이 나를 감쌌다. 나는 빛에 휩싸여 있었으나, 몸은 뜨거워지지 않았다. 불빛도 바람을 멈추게 할 수 없나 보다. 아아옹, 나를 찾는 엄마의 낮은 울음소리가 들렸다. 으응 으응, 낮은 신음을 끊어 내며 나를 애타게 찾는 엄마의 목소리가 들렸다. 나는 엄마 목소리가 시작되는 곳으로 뛰어갔다. 엄마에게 돌아온 나는 엄마의 몸에 작은 내 몸을 붙였다. 검게 내려앉은 밤이 우리를 덮었고, 우리는 그 밤 아래에서 서로를 꼭 껴안았다. 밤의 시간, 서늘한 바람은 잠시도 쉬지 않고 불었다.

아침의 시간이 뿌옇게 다가오고 있었다. 하지만 어딘가에서 막혔는지, 뿌연 장막까지는 걷어 내지 못했다. 아침의 시간을 막는 것은 저기 높은 곳에 있는 것 같았다. 회색의 구불구불한 무언가가 내려왔다. 그것은 어떤 무게에 짓눌려 조금씩 아래로 내려왔다. 어느 순간 그것은 무거운 무게를 떼어 놓기라도 하듯 무언가를 하나씩 떨어뜨렸다. 두둑, 두둑. 엄마는 그것을 '비'라고 했다. 하나씩 떨어지는 비를 대나무가 이파리로 막아 주었다.

'후두둑, 후두둑.'

한꺼번에 떨어지는 비의 무게를 대나무 이파리도 이겨 내지 못했다. 엄마가 갑자기 내 목덜미를 물고 어디론가 데려갔다. 나는 몸의 힘을 빼고 엄마에게 내 몸을 맡겼다. 우리가 간 곳은 죽은 이파리가 가득 쌓여 있는 곳이었다. 우리가 깔고 누웠던 구불구불한 것이 이제 우리 머리 위에 있었다. 높이를 사랑하는 우리는, 우리 몸을 받치고 있던 것을 이제는 내리는 비 때문에 머리 위에 두게 되었다. 비가 흙과 함께 우리가 깔고 누운 이파리에 튀어 왔다. 나는 눈으로 내리는 비를 따라갔다. 추웠다. 우리는 다시 엄마 몸을 베고 누웠다. 그리고 엄마 젖을 빨았다. 엄마 젖은 내 몸 이곳저곳을 데워 주지 못했다. 입에 힘을 주고 빨아 봐도 엄마 젖은 어디선가 멈춰 섰다. 그러곤 또 엄마는 우리를 두고 어디론가 갔다. 나는 오빠 등에 머리를 얹고 눈을 감았다.

회색의 구름을 타고 내리는 비는 밤의 시간을 길게 이어 붙였다. 그때까지도 엄마는 오지 않았다. 하는 수 없이 나는 엄마를 찾아갔다. 떨어지는 비에 몸이 움찔거렸다. 뿌연 불빛을 지나, 나는 언제나 엄마를 멈추게 하는 돌기둥에 섰다. 나는 돌기

31

둥을 앞에 두고 엄마처럼 감상에 젖을 수가 없었다. 돌기둥은 타고 내린 비로 진하게 젖어 있었다. 어디선가 따뜻하고, 그리운 냄새가 났다. 엄마다.

"엄마."

"너, 왜 여기 나와 있어? 비도 이렇게 많이 내리는데…."

"기다려도 기다려도 엄마가 오지 않아서, 혹시나 엄마가 여기 있나 해서. 여기 있으면 엄마가 올 것 같아서…."

"춥다. 어서 들어가자."

엄마의 털은 젖어 있었다. 엄마의 털은 진해져서 몇 가닥씩 뭉쳐 있었다. 우리는 대나무 이파리가 쌓여 있는 곳으로 갔다. 엄마가 그곳에 앉자 나는 엄마의 입에 묻은 냄새를 맡았다. 앞발을 들어 엄마의 얼굴을 톡톡 건드렸다. 우리는 앉아서 엄마의 젖을 하나씩 물고 빨았다. 엄마는 혀로 내 머리를 핥았다. 오빠의 몸을 핥았다. 내 눈을 핥고, 오빠의 똥구멍을 핥았다. 엄마의 젖은 뜨거운 온도를 안고 내 몸 구석구석을 데웠다. 비는 계속해서 내리고, 그 비는 흙과 함께 튀어 와선 우리가 깔고 앉은 이파리를 치고 어디론가 떨어져 나갔다. 우리는 아침의 시간도 잃고, 낮의 시간도 잃고, 끊임없이 이어지는 밤의 시간만 보냈다. 이런 시간도 몸에 쌓여 나는 조금씩 자랐다. 우리에게 젖을 먹인 엄마는 네 다리를 모으고 웅크렸다. 엄마는 이렇게 해야지 몸으로 들어온 온도를 잡아둘 수 있다고, 편안히 쉴 수 있다고 했다. 나도 엄마처럼 네 다리를 모아 몸을 웅크렸다. 따뜻한 온기가 내 몸을 도는 것 같았다. 눈을 감았다.

나는 잠깐 잠이 들었다 깼다. 여전히 엄마는 눈을 뜨고, 네 발을 웅크린 채로 있었다. 나는 눈을 떠 엄마의 눈길을 따라가 보았다. 엄마는 비도 뚫고, 돌담을 지나 먼 곳을 봤다. 엄마는 보이지 않는 어떤 것을 보는 것 같았다. 엄마의 기억이 돌담 저 어딘가에 어른거리고 있는 것 같았다. 나는 앞발을 들어 엄마의 얼굴을 살짝 건드렸다. 엄마는 내 발짓에 흠칫 놀라며, 엄마의 기억을 흩뜨리는 것처럼 머리를 이리저리 흔들었다. 엄마의 정신은 다시 내 곁으로 돌아왔다.

"엄마. 아까 엄마를 찾아갔을 때, 내가 둥근 돌기둥 앞에 앉아서 돌기둥을 봤는데, 돌기둥이 검게 젖어 있었어. 꼭 엄마처럼. 엄마는 그곳에만 가면 돌기둥처럼 서 있잖아. 엄마는 돌기둥 높이만큼 생각을 쌓는 것처럼 보여. 나는 이제 그곳에 가면 그곳에 서 있는 엄마가 떠올라. 그래서 엄마가 없어도 엄마가 그곳에 있는 것처럼 느껴져."

"순이야, 대단하구나. 그곳에 서 있으면 엄마가 없어도 엄마가 있는 것처럼 느껴진다니… 엄마도 그래. 엄마는 그곳에 서서, 없지만 있는, 여전히 엄마 곁에 있는, 누군가를 떠올리고 있어. 엄마는 누군가를 떠올려야지 마음이 편안해져. 기억이 엄마를 편안하게 만들어 줘. 순이야, 네가 돌기둥 앞에서 엄마를 떠올릴 수 있다는 건 너의 평화를 찾아가는 방법을 알고 있다는 뜻이야."

"엄마, 엄마는 어떤 기억이 엄마를 평화의 길로 가게 해?"

"순이야. 어떤 이는 일생에 한 번의 사건으로 평생 그 일을 떠올리며 평화의 길로 갈 수 있고, 어떤 이는 몇 번의 반복된 경험이 기억으로 남아 평화의 길로 갈 수 있게 된단다. 엄마는 누군가를 떠올려야지만 평화의 길로 갈 수 있는 것 같아."

"엄마, 엄마는 우리 말고 떠올려야 할 누군가가 있어? 우리가 엄마의 전부가 아니었어?"

"너희들은 엄마의 전부이기도 하고, 일부이기도 해. 너와 함께하는 이 순간은 전부이지만, 전부인 이 순간에도 엄마는 어떤 기억과 함께하기 때문에 전부일 순 없어. 엄마는 기억과 함께, 너희와 함께 살아가고 있어. 그리고 너희들을 사랑하고 있어."

"엄마의 기억 속에 내가 있을 순 없어? 아니 엄마의 기억을 나는 알 수 없어?"

"기억은 지나간 시간과 함께해야 하는 거야. 너희와 함께하는 이 순간은 기억이 될 수 없어. 기억은 지나간 시간과 짝을 이루며 우리에게로 와."

"엄마, 기억으로 남으려면 시간만 흐르면 되는 거야?"

"그런 건 아니야. 기억으로 남으려면 온 마음으로 그 순간을 담을 수 있어야 해. 그렇게 할 때 기쁨이라든지 슬픔이라든지 안타까움이라든지 부끄러움이라든지, 여러 감정이 생길 수 있는 기야. 그때의 감정이 시간과 함께 각자의 마음속에 머물면서, 그래서 각자에게 어떤 의미로 남을 때, 그리고 그때의 감정을 다르게 바라볼 수 있을 때 각자의 기억으로 남을 수 있는 거야. 누군가는 그것을 '성찰'이라고 말하기도 하고, 또 누군가는 '추억'이라고 말하기도 해."

"엄마, 시간이 기억을 실어 나르나 봐."

"그래, 그래. 네 말도 일리가 있네. 우리가 한 많은 경험이 시간을 타고 우리에게 어떤 의미로 남을 때 우리의 기억이 되고, 삶이 되는 거야. 너의 삶, 너의 '묘생猫生'이 되는 거야."

"엄마, 엄마가 돌기둥과 함께 서 있으면 슬퍼 보여. 슬퍼하면서도 엄마는 늘 돌기둥을 찾아가는 것 같아. 슬픈 기억을 그렇게 계속 떠올리고 싶어? 즐거운 기억을 떠올리면 기분이 좋아지잖아."

"순이야. 네 말도 맞아. 하지만 의미 있는 존재는 모두 슬픔을 가지고 있단다. 슬픔이 많다는 건 그만큼 의미 있는 존재가 많다는 뜻이기도 해. 그래서 때론 슬픔이 힘이 될 때가 있어. 엄마도 돌기둥을 보며 예전의 어떤 때의 의미를 되새기고 있어. 슬퍼하면서, 아파하면서, 의미 있는 존재를 떠올리고 있어. 그럼 어느 순간 마음이 편안해져."

"엄마, 우리가 엄마에게 가장 의미 있는 존재가 아니었어?"

"지금은 슬픔 속에서 너희들이 가장 의미 있는 존재야. 슬프기에 너희들이 더 소중하게 느껴지는 거야."

"엄마, 우리를 소중하게 느끼게 하는 엄마의 슬픔은 도대체 어디서 오는 거야?"

"순이야, 음, 엄마에게는 너희들보다 먼저 태어난 아이가 있었어."

"뭐? 우리보다 먼저 태어난 아이가 있었다고?"

"그래, 그렇단다."

"그런데 지금은 다들 어디 있어?"

"모두 떠났단다. 아니, 내가 떠나왔어."

"왜? 왜 엄마가 떠나왔어? 소중한 존재라면 함께 있어야 하는 거잖아."

"고양이다운 삶은 사랑하는 존재를 떠나와야만 해. 엄마는 엄마이면서 나 자신이기도 해. 너희들도 지금은 엄마 곁에 머물고 있지만, 온전한 너희들 자신이 되기 위해선 엄마를 떠나가야만 하는 거야. 우리는 모두 낯선 삶의 형식 속에 머물 수 있어야만 온전한 우리를 발견하게 되고, 더 나은 자기 자신을 발견할 수 있단다. 모든 고양이는 그렇게 살아야 해."

"엄마, 그럼, 엄마는 나중에 우리를 두고 떠날 거야?"

"언젠가는 떠나겠지. 하지만 지금은 아니야. 지금은 너희들과 함께하는 삶이 나의 삶이야. 너도 너의 삶을 살기 위해 지금을 열심히 살아야 해. 슬픔에 뿌리를 두고 기뻐하는 법을 배워야 해. 그래야지 기쁨이 가볍지 않게 돼."

"엄마, 그런데 엄마는 슬픔의 뿌리가 너무 단단한 것 같아. 슬픔의 뿌리가 너무 단단해서 엄마에게는 기쁨이 아예 없는 것 같아. 누군가를 떠나와서 그런 거야? 우리가 곁에 있는데도 그때가 그리운 거야?"

"순이야, 그건 말이지…. 너희들 전에 태어난 아이가 있었다고 했지?"

"응, 엄마."

"그리고 아이들 모두 엄마 곁을 떠나고, 엄마도 아이들을 떠나왔다고 했지?"

"응."

"엄마는 누군가를 떠나왔기 때문에 너희들을 보면서 날마다 기쁘고, 날마다 슬프기도 한 거야. 너는 엄마가 기뻐할 때도 언뜻 스치가는 그런 슬픔의 빛을 찾아낸 거야. 그래서 내가 슬퍼 보인다고 생각한 거야. 소중한 이를 지킨다는 것은 소중한 이의 기쁨보다는 슬픔을 바라볼 수 있는 거야. 슬픔을 바라보는 것이 소중한 이를 지키는 방법이라고 믿는 거지. 너도 지금 엄마를 지키고 있는 거란다. 엄마의 슬픔을 바라보고, 지켜 주고 있잖아. 고맙다. 순이야."

"엄마, 엄마가 나중에 우리를 떠나면 그럼 또 슬퍼할 거야?"

"그때도 슬프겠지. 하지만 지금은 너희들이 있어서 기뻐. 그리고 지금은 우선 우리가 추위를 견뎌 내는 게 더 중요해. 순이야, 조금만 더 붙자."

"엄마, 나는 엄마가 좋아. 우리를 지켜 주는 대나무보다 엄마가 좋아."

엄마는 다시 내 몸을 핥았다. 그리고 나는 깜박 잠이 들었다.

o

　여름휴가는 끝이 났다. 나는 오후 근무라 휴가에서 오는 피로에서 벗어나기 위해 아침을 간단하게 해결하고, 마당에는 눈길 한 번 주지 않은 채, 메이저리그 중계를 보며 느긋하게 쉬었다. 안타도 없고 홈런도 없는, 그래서 빅이닝big inning도 없고 박진감도 없는 경기는 휴가가 아직 끝나지 않은 것 같은 착각이 들게 했다. 지루한 경기는 내게 이런 나른함을 줬다. 이것이 내가 야구를 좋아하는 이유이기도 했다. 경기하는 내내 집중하지 않아도 되는 느슨함이 나는 좋았다. 물론 가끔 "끝날 때까지 끝난 게 아니다."라는 요기 베라의 말을 증명하는 경기도 내가 야구를 좋아하는 이유이긴 했다. 그때 아내가 다급하게 현관문을 열고 들어왔다. 여전히 들뜬 목소리였다. 환상이 깃든 듯한.

"도경 씨, 아침에 마당에 나가 봤어?"

"아니. 왜? 마당에 또 쓰레기가 버려졌어?"

"우리 마당에 또 종량제 봉투가 뜯긴 채로 쓰레기가 온 마당에 다 흩어져 있어. 마치 종량제 봉투가 토한 것처럼 봉투는 구멍이 뚫려 있고, 구멍에서 나온 쓰레기가 이리저리 흩어져 있어. 빨리 마당으로 가 봐."

느긋하게 메이저리그 중계를 더 보고 싶었지만, 되살아난 아내의 호기심을 지켜 주기 위해 나는 아내를 따라 마당으로 나갔다. 종량제 봉투는 처참할 정도로 심하게 찢어진 채였다. 종량제 봉투는 칼로 매끈하게 잘린 것이 아니라 누군가 이빨로 물어뜯기라도 한 것처럼 너덜너덜 찢어져 있었다. 종량제 봉투에 쓰인 '울산광역시', '20리터'라는 글자만 없었더라면 종량제 봉투라는 것도 알 수 없을 정도였다. 담배꽁초, 과자 봉지, 약국에서 산 듯한 진통제, 나무젓가락, 기름을 닦은 신문지, 일회용 김치를 담은 포장지, 그리고 기름 묻은 새마을금고 달력 등등 해서, 우리가 흔히 종량제 봉투에 넣을 수 있는 그런 더러운 것들이 우리 마당에 가득했다. 내가 쓰레기를 쓰레기통에 버릴 땐 몰랐지만, 쓰레기만 모아 넣은 종량제 봉투에서 나온 쓰레기는 그야말로 더럽다는 말이 저절로 나올 만큼 지저분했다. 지저분한 쓰레기가 마당에 쫙 펼쳐져 있으니 마당이 능지처참 형을 당한 것 같았다. 나는 집 안으로 들어가 새 종량제 봉투 하나를 들고 나와서 흩어진 쓰레기를 봉투에 담았다. 아내는 쓰레기를 치울 생각은 하지 않고, 그것들을 하나씩 살피고 있었다. 어떤 것은 코에 갖다 대고 냄새를 맡기까지 했다. 쓰레기를 종량제 봉투에 다 담으니 20리터 종량제 봉투가 다 차지는 않았다.

"도경 씨, 이 쓰레기는 분명히 혼자 사는 남자가 도롯가에 내놓았거나 우리 집 근처에 있는 작은 공장에서 밖에다 내놓은 것일 거야."

"왜?"

"혼자 사는 남자들은 쓰레기를 종량제 봉투에 꾹꾹 눌러 담지 않잖아. 그리고 공장에서 일하는 사람들도 여름에 쓰레기를 오래 두면 냄새난다고 쓰레기가 종량제 봉투에 적당히 채워지면 밖에 내놓을 것 같은데…."

"혼자 사는 남자들이라고 다 그렇지는 않아. 쓰레기를 종량제 봉투에 꾹꾹 눌러 담는 알뜰한 사람도 많아."

"그건 그렇지만, 그런 사람은 일부일 뿐이야. 도경 씨도 혼자 자취할 때 종량제 봉투에 쓰레기를 다 채우지도 않고, 종량제 봉투에 쓰레기가 어느 정도 차면 밖에 내놓았잖아. 도경 씨도 결혼하고 나서 변한 거잖아. 내가 잔소리를 하니까…."

"그건 그렇지만…."

"도경 씨, 우리 집 앞의 공장 몇 군데 찾아가 볼까? 마당에 버려진 쓰레기를 담은 종량제 봉투 들고 말이야."

"종량제 봉투 들고 공장으로 찾아가면 그 사람들이 이상하게 생각하지 않을까? 화가 나긴 하지만 종량제 봉투를 들고 그곳으로 찾아가는 건 좀…. 그 사람들이 그랬다는 증거도 없고. 당신이 종량제 봉투를 들고 찾아가면 마치 우리가 그 사람들을 범인으로 지목하는 것 같잖아. 그 사람들이 기분 나빠할 것 같은데…."

"그 사람들이 오해하지 않게 이야기 잘하면 되지."

"이번에는 그냥 넘어가면 안 될까? 다음에도 또 이런 일이 생기면 그때는 꼭 찾아가 보자."

"그럴까?"

아내는 차오르는 호기심을 억지로 누르며 종량제 봉투를 들고 집 안으로 들어왔다. 나와는 다르게 아내의 얼굴에는 생기가 돌았다. 나는 마치 낯선 새 직장에 첫 출근을 하는 것만 같은 기분으로, 회사로 향했다.

10시가 넘어 집에 들어가니 아내는 내가 오기를 기다렸다는 듯이 활짝 웃으며, 그리고 무언가를 알아낸 듯한 눈빛으로 나를 맞았다.

"도경 씨, 왔어?"

"응. 당신 밤 10시가 넘었는데도 얼굴에 생기가 도네. 나는 퇴근했으니 이제 당신이 야근하러 가면 되겠어. 잘 다녀와."

"내 얼굴이 그렇게 밝아 보여?"

"응. 얼굴이 너무 좋아서 축구 한 게임 뛰어도 되겠어. 나 대신 출근 좀 해 줘."

아내는 내가 던지는 농담에 호응하면서, 옷을 갈아입는다고 작은 방에 간 나를, 씻으려고 욕실로 들어간 나를 졸졸 따라다녔다.

"오늘 무슨 재미있는 일이라도 있었어? 평소와 다른데?"

"재미있는 일이라기보다도⋯. 내가 우리 집 앞에 있는 작은 공장을 돌면서 혹시 누군가 우리 마당에 쓰레기 버리는 거 본 적이 있는지 물어봤거든⋯."

"어, 당신, 오늘 공장에 찾아가지 않기로 했잖아."

"그러긴 했는데 도저히 궁금해서 참을 수가 없었어."

"당신 정말 대단해. 그래, 물어봤는데? 참, 그 사람들이 이상하게 생각하지는 않았어?"

"전혀. 자기들도 며칠 전에 그런 적이 있었대. 지난주 월요일인가 화요일쯤에 종량제 봉투가 찢어진 채로 공장 문 앞에 버려져 있었대. 그래서 자기들은 우리가 거기에다 종량제 봉투를 내놓았나 생각했대. 그래서 자기들도 우리가 한 번만 더 그곳에 종량제 봉투를 내놓으면 우리 집에 이야기하러 오려고 했다고, 그리고 자기들

43

은 100리터 종량제 봉투를 공장에 두고 그곳에다 쓰레기를 버린다고 했어. 쓰레기가 가득 차면 한꺼번에 버린대. 심지어 그분은 나를 공장 구석진 곳에 데려가서 쓰레기가 반쯤 찬 100리터 종량제 봉투를 보여 주기까지 하더라고."

"당신, 오늘 잘 찾아갔네. 큰 싸움 날 뻔했네. 그래서 당신은 뭐라고 말했어?"

"서로를 오해하고 있었다고, 범인을 같이 찾아보자고 말하고 왔어. 그런데 내가 뒤돌아서 집으로 오려고 하는데 그분이 예전에 큰 개가 한 번씩 우리 동네를 돌아다녔는데 혹시 그 개가 쓰레기를 물고 온 게 아닐까 하고 말씀하시더라고."

"그래? 나는 큰 개 돌아다니는 거 못 봤는데…."

"동물들이 사람을 피해서 움직이겠지. 사람이 있을 때는 숨어 있고."

"그건 그러네. 혹시 개가 종량제 봉투 물고 오가는 모습 보이더라도 당신, 개한테 함부로 덤비지 마. 위험해."

"내가 설마 그러겠어? 아직 개가 그런 게 맞는지도 확실치 않은데…. 난 단지 우리 마당에 종량제 봉투를 버린 범인이 누구인지 궁금할 뿐이야. 아, 아니지, 이제 '범견犯犬'이라 해야 하나?"

역시 아내의 실행력과 친화력은 대단했다. 벌써 종량제 봉투를 들고 공장에 다녀온 것도 그렇고, 그분들에게 쓰레기 무단 투기 범인을 함께 잠자고 제안한 것도 그렇고, 역시 내 아내다.

벌써 금요일이다. 휴가 다녀온 첫 주는 언제나 힘이 들었다. 휴가를 떠난 동료들의 빈자리를 보면 마치 휴가가 계속 이어지고 있는 것만 같았다. 8월은 늘 그랬던 것 같다. 그래서 휴가를 끝내고 온 첫 주는 인제나 붕 띠오르는 내 마음을 다잡아야 했다. 내일온 토요일. 다음 주쯤이면 아이처럼 붕 뜬 내 마음도 어느 정도 진정되겠지. 어느 순간 내가 어른이 되어 버린 것처럼.

"도경 씨, 도경 씨, 어서 일어나 봐."

"어, 왜?"

아내가 다급하게 나를 깨운다는 건 틀림없이 아내의 호기심을 자극할 만한 어떤 사건이 일어났다는 뜻이다.

"도경 씨, 또, 또."

"왜? 우리 마당에 또 쓰레기가 버려진 거야?"

"도경 씨, 도경 씨 어떻게 알았어? 우리 마당에 쓰레기가 버려진 걸?"

"아니, 당신이 근래에 흥분했던 일은 우리 마당에 버려진 쓰레기 밖에 더 있어? 누가 보면 당신이 마당에 버려진 쓰레기를 사랑한다고 생각할 거야."

"내가 그랬나?"

"응. 당신 요즘 쓰레기 사랑이 대단해. 내가 질투가 다 날 정도

45

야."

"도경 씨도 참, 농담도 잘하네. 도경 씨 자꾸 그러면 나, 마당의 쓰레기랑 결혼해 버린다? 그런데 도경 씨, 내가 혹시나 해서 저번부터 마당에 버려진 쓰레기를 사진으로 다 찍어 뒀거든."

"왜?"

"우리 마당에 쓰레기 버린 사람 잡으려고. 아, 아니지, 이제 개일 수도 있지. 아무튼, 어떤 규칙성 같은 게 있는지 알아보려고."

그러면서 아내는 우리 마당에 버려진 쓰레기를 찍은 사진을 내게 보여 줬다. 사진의 종량제 봉투는 일전에 본 것처럼 처참하게 찢어져 있었다. 우리 마당은, 아니 아내의 자랑인 마당의 잔디밭은 차라리 '쓰레기밭'이라고 이름 붙이는 것이 어울릴 정도로 지저분했다. 담배꽁초, 담뱃갑, 과자 봉지, 치킨 박스에서 굴러 나온 듯한 뼈다귀, 빨간 소스를 닦은 듯한 휴지 뭉치들이 마당 곳곳에 흩어져 있었다. 마치 우리와 원한 관계가 있는 누군가가, 어떻게 하면 우리의 기분을 최대치로 상하게 할지 고심한 끝에 작정하고 꾸민 일 같았다. 나는 마당으로 나갔다. 쓰레기는 벌써 치워지고 없었다.

"쓰레기는? 쓰레기는 어떻게 했어?"

"내가 벌써 치웠지. 저 옆에 뒀어."

집 외벽에는 가로로 짧게, 세로로 길게 노란색 테이프를 붙인 종량제 쓰레기 봉투가 비스듬히 세워져 있었다. 마당에는 아직 치킨 냄새가 진하게 남아 있었다.

"도경 씨, 쓰레기가 버려진 요일을 한번 짚어 봐. 토요일, 월요일, 그리고 우리가 휴가 갔다 온 수요일. 우리 집 근처의 공장들은 휴가 시작이 8월 첫 주로 우리와 비슷하다고 했어. 휴가 기간이 다르긴 하지만. 월요일부터 휴사이든가, 수요일, 아니면 금요일부터 휴가가 시작되는 곳이 있다고 했어. 종량제 봉투는 주말이 끼거나 사람들이 휴가 떠간 다음 날에 우리 마당에 버려졌어."

"하긴 그러네."

"사람들이 굳이 쓰레기를 담은 종량제 봉투를 들고, 그것도 우리 집 마당까지 와서 그것을 버리고 가지는 않을 것 같아. 봉투에 담지 않은 쓰레기라면 우리 마당에 버리고 갈 수는 있겠지만 말이야. 집 앞의 공장에서 일하는 분 말씀처럼 개가 가져오지 않았을까?"

"정말 개가 그랬을까? 음, 어쩌면 고양이가 종량제 봉투를 물고 오는 게 아닐까? 우리 마당에 고양이 몇 마리 보이던데…"

"에이, 고양이가 정말 그랬을까? 20리터면 제법 무거울 텐데…"

"그럼, 누굴까?"

"분명한 건 우리 마당에 종량제 봉투를 버린 게 사람은 아닐 거라는 거야. 우리에게 원한을 가진 사람이 존재하는 게 아닌 이상, 우리 마당에 종량제 봉투를 버리고 갈 이유가 없어. 우리 마당에 쓰레기를 버린 유력한 용의자는 동물밖에 없는 것 같아. 어떤 신문 기사에서, 길고양이들이 먹을 게 없으면 종량제 봉투를 뜯어서 그 안의 내용물을 먹는다고 했어. 종량제 봉투가 길고양이들에게 뜯겨서 내용물이 밖으로 나오면 더럽잖아. 그래서 사람들이 길고양이를 더 싫어한다고. 고양이 급식소를 운영하면 그런 일이 생기지 않을 거라고 하는, 그런 기사를 본 것 같아. 어쩌면 오랫동안 굶주린 고양이라면 종량제 봉투를 물고 올 수도 있을 것 같기도 해. 인간이라면 초인적이 힘이라고 하는데, 고양이도 인간처럼 '초묘적 超猫的'인 힘을 발휘해서 종량제 봉투를 물고 우리 마당으로 올 수도 있겠지. 아주 낮은 확률이지만."

"그런가? 그럼 이번 주 금요일에 우리 마당 입구, 그러니까 대문 앞에 주차해 볼까? 당신이 추측한 대로라면 금요일 새벽에 고양이든 개든 종량제 봉투를 우리 마당에 물고 올 확률이 높은 거잖아. 차가 대문 입구를 막고 있으면 개나 고양이가 쓰레기를 가져오지 못하겠지."

"일단 그렇게 한번 해 볼까?"

우리는 계획대로 금요일 저녁에 차를 마당 입구에 세워 뒀다. 어느새 나도 아내의 호기심에 편승해 내일 우리 마당이 무사할지, 아니면 누군가의 침입으로 방어막이 뚫려 있을지 은근히 궁금해졌다. 방어냐, 공격이냐, 나는 어린이날을 맞는 아이처럼 내일을 기다렸다.

드디어 날이 뿌옇게 밝아 왔다. 아침이라 그런지 조금 서늘한 느낌마저 들었다. 눈을 뜨니 아내는 옆에 없었다. 아마도 사건 현장인 마당에 이미 나가 있겠지. 나는 선물을 기대하는 아이처럼 들떠서 아내가 있을 마당으로 나갔다. 아내는 내 예상대로 그곳에 앉아 있었다.

"어떻게 됐어? 쓰레기는?"

나는 확신에 찬 목소리로 아내에게, 마치 꼭 있어야 할 무언가를 찾는 것처럼 쓰레기의 행방을 물었다.

"없어. 오늘은 없네."

아내의 목소리는 풀이 죽어 있었다. 나도 조금은 실망스러웠다.

"우리가 대문 입구에 차를 세워 둬서 개나 고양이가 쓰레기를 물고 오지 못했나 봐."

"그런가? 차 앞에 가 봐야겠다."

"그럴까?"

차 앞에도 쓰레기 흔적 같은 건 없었다. 우리는 다시 골목을 벗어나 작은 공장이 있는 곳으로 가 보았다. 그곳 역시 쓰레기 흔적 같은 건 없었다. 짓눌러진 담배꽁초나 구겨진 채로 굴러다니는 종이컵 몇 개가 보일 뿐이었다. 우리가 바라던 뜯긴 종량제 봉투 같은 건 아예 없었다. 나는 조금 섭섭한 마음마저 들었다. 아내 역시 조금은 실망한 것 같았다.

"우리 작전이 성공했네."

"응. 그러네."

"계속 대문 입구에 주차해야겠다."

"그래야겠지."

아침부터 아내도 나도 이상하게 힘이 빠지는 그런 날이었다. 집으로 돌아오는 길, 아내는 아직 포기하지 않았는지 집 주위를 두리번거렸다. 마당에 들어서서는 이곳저곳을 돌아다니기도 했다. 나는 아침을 먹고 방에 우두커니 앉아 있었다. 그러다 밖으로 나갔다. 마당은 잔디가 있어 지저분해 보이면서도 한편으로는 푸근해 보였다. 나는 그곳에 가서 잔디를 밟아 보았다. 여름 잔디는 울퉁불퉁하면서 푹신한 느낌이 들었다. 그리고 나는 다시 집 뒤로 가서 곧게 뻗은 대나무를 봤다. 몇 그루인지 가늠이 안 될 정도로 많은 대나무가 빽빽하게 서 있었다. 나는 그 사이로 떨어져 있는, 더는 꼿꼿한 대나무의 일원일 수 없는, 누렇게 쌓인 수많은 댓잎을 봤다. 그곳에는 스쳐 간 많은 시간이 누워 있었다. 바람이 불 때마다 대나무는 서로의 줄기를 탁탁 쳤다. 그 소리와 함께 대나무 이파리 하나가 무게를 잃은 채 살랑살랑 바람을 타고 떨어져 내렸다. 나는 다시 마당으로 가 마당의 가장자리를 둘러보았다. 풀들은 8월에도 지치지 않는지 짙은 녹색을 무성하게 키워 내고 있었다. 우리가 사는 이곳은 수많은 생명이 살아가는 곳이었다. 지치지 않고 연일 뜨거운 열기를 쏟아 내는, 햇볕 아래에서도 생명을 이어 가는, 마당의 잔디도 풀들도 위대하게 느껴졌다. 떨어져, 이어지는 그들의 모습은 다른 느낌으로 내게 다가왔다.

대문 입구에 주차해서인지 한동안 우리 마당은 깨끗했다.

51

대나무 사이로 바람이 불어왔다. 이제는 우리가 누운 곳에는 따뜻한 햇볕보다 바람이 찾아오는 날이 많아졌다. 햇볕이 바람에 잠기는 날이 많아지면서 햇볕의 열기도 조금씩 잃어 갔다. 엄마는 햇볕이 바람에 잠기는 날이 많아지기 시작하면 우리 힘으로 온기를 만들 수 있어야 한다고, 그래서 달려야 한다고 했다.

엄마는 밤의 시간에 우리를 수평의 공간으로 데려갔다. 엄마가 갑자기 수평의 공간을 가로질러 달려가 큰 나무 위로 올랐다. 오빠들과 나는 엄마를 따라 수평의 공간을 가로질러 달렸다. 그리고 큰 나무를 앞다리의 발톱으로 찍었다. 그러나 나의

네 다리는 그곳을 맴돌 뿐, 나는 나무 위를 오를 수 없었다. 엄마는 나무의 커다란 줄기에 앉아 나무 아래에 서 있는 우리를 바라보았다. 그리고 엄마는 우리가 서 있는 나무 아래로 내려왔다. 엄마는 몰아쉬던 숨을 조금씩 가다듬었다. 나도 엄마 옆에 섰다. 어디선가 새 울음소리가 들렸다. 순간, 엄마는 흐흐흐 가는 소리를 내며 아래턱을 떨었다. 그러고는 엄마는 네 다리를 굽혀 몸을 낮춘 채 소리 없이 달렸다. 엄마는 소리를 없앤 걸음으로 새가 있는 나무에 도착했다. 엄마가 나무를 타고 줄기에 다다르자 새는 푸드득 소리를 내며 날아갔다. 엄마는 다시 나무줄기를 타고 아래로 내려와 숨을 몰아쉬었다. 엄마는 수평의 공간에 가만히 엎드렸다. 그런데 갑자기 엄마가 내 다리를 살짝 물었다. 나도 엄마 다리를 살짝 물었다. 엄마는 바닥에 누워 꼬리를 살랑살랑 흔들었다. 오빠들은 살랑거리는 엄마 꼬리를 잡으려 이리저리 뛰어다녔다. 엄마는 다시 바닥에 꼬리를 탁탁 쳤다. 그러면 나는 엄마 꼬리가 사냥감처럼 느껴져 움직이는 엄마 꼬리를 따라 폴짝 뛰었다. 엄마가 다시 내 등을 물었다. 나도 엄마 다리를 물었다. 순간 엄마가 야옹 날카로운 울음소리를 냈다.

"순이야."

"엄마, 왜?"

"순이야, 상대를 이빨로 세게 문다고 해서 모두 좋은 결과를 만들어 내는 건 아니란다. 입에 힘을 빼고 물 수도 있어야 해. 엄마가 너희들에게 그랬던 것처럼 발톱을 발 속에 넣어서 쓰다듬을 줄도 알아야 해. 입에 힘을 빼는 법과 발톱을 발에 감추는 법을 배워야 해. 입에 힘을 빼고 무는 건 입에 힘을 주어 무는 것보다 훨씬 어려운 일이야. 강한 힘을 보여 주는 것이 자신을 돋보이게 하는 방법이라고 생각하겠지만, 자신의 강한 힘을 빼는 방법을 아는 고양이가 정말 힘이 센 고양이란다. 그것은 사랑을 알고, 사랑을 표현하는 방법을 알고 있기에 가능한 일이기 때문이지. 사랑은 강한 것에서 나오는 것이 아니란다. 순이야, 자, 엄마 발을 봐 봐. 발톱을 이렇게 발 속에 넣고, 이렇게 이렇게 쓰다듬는 거란다. 알았지?"

"응. 엄마. 엄마, 누군가를 사랑하는 것도 쉬운 일은 아닌 것 같아. 나는 누군가를 사랑하는 마음만 있으면 사랑이 저절로 이루어지는 줄 알았어. 자기 안의 힘을 빼야 한다니, 사랑은 정말 어려운 일인 것 같아. 오빠들과 뛰어놀 때 나는 오빠들에게 내가 힘이 세다는 것을 증명하려고 발톱에 힘을 꽉 줬어. 그러고는 이빨로 오빠 등을 꽉 깨물었어."

"순이야, 그건 그 순간 네가 오빠를 사랑하는 마음보다 너 자신을 더 중요하게 여겼기 때문에 그런 거란다. 네가 조금만 더 자라면 사랑이 무엇인지, 누군가를 사랑하면 왜 발톱을 넣게 되는지 알게 될 거야."

"하지만 엄마, 나는 지금은 힘을 키우고 싶어."

"그래, 그래야지. 힘이 있어야 힘을 빼는 방법도 알게 되는 거지. 사랑하려면 일단 힘을 키워야 해. 그런 후에 자신의 힘을 빼서 상대의 힘을 돋울 수 있어야 해. 그것이 사랑이란다."

우리는 엄마와 오랫동안 수평의 공간에서 뛰고 뒹굴었다. 이빨에 힘을 빼고, 발톱을 발에 넣은 채 서로를 사랑하는 법을 배웠다.

○

음력 날짜가 양력 날짜를 잡아먹기라도 하려는 것처럼, 올해 추석은 9월 둘째 주에 돌아왔다. 우리는 본가에서 차례를 지내고, 처가댁까지 들러 저녁 무렵에야 집에 돌아왔다. 늘 하던 대로 우리는 대문 앞에 주차하고 걸어서 마당에 들어섰는데 넓은 마당이 휑한 느낌이 들었다. 왠지 낯선 곳으로 여행 온 것처럼 집도 고요했다. 며칠간 우리가 없었던 탓인지 집은 조용하다 못해 적막하기까지 했다. 우리는 집 안으로 들어가 거실 바닥을 디디고 방과 부엌을 돌아다니며 우리가 온 것을 확인시켰다. 숨죽이고 있던 소리들이 조금씩 깨어나는 것 같았다. 온기는 늘 소리를 품고 있다. 살아 있는 모든 존재가 그렇듯. 대충 씻고 방에 들어와 앉으니 다리가 얼얼해져 오고, 눈이 뻑뻑하고 어깨까지 결렸다. 방에 앉아 쉬고 있으니 아내가 들어왔다.

"도경 씨."

"어, 응?"

"마당을 돌아다녀 보니 찢어진 종량제 봉투는 없네. 집 뒤쪽으로 가 보니 대나무 이파리가 가득 쌓여 있었어. 뭔가 후다닥 뛰어가는데 고양이 같았어."

"우리 집 주위에 고양이 몇 마리 있지? 나도 한두 마리는 본 적이 있었어."

"그런가 봐."

"그런데, 고양이는 왜?"

"종량제 봉투를 물고 우리 마당으로 온 범인이 고양이인지 확인해 보려고."

"이제 우리 마당에 종량제 봉투를 물고 오는 용의자가 개가 아니고 고양이라고 확신하는 거야?"

"내가 마당을 둘러보고 골목길을 돌아다녀 봐도 개는 보질 못했어. 아무리 사람들의 이동이 없는 시간대에 개가 활동한다고 하더라도 한 번씩 개 짖는 소리는 들려야 하는데, 나는 개가 낑낑거리는 소리조차 들어 보지 못했어. 고양이 울음소리는 간간이 들리는데 말이야. 그래서 마당에 쓰레기를 버린 녀석이 고양이가 아닐까

하는 생각을 했어. 물론 아직까지는 개가 쓰레기 종량제 봉투를 물고 왔을 가능성도 열어 두고 있지만."

"어쨌든 아침에 나는 깨우지 마. 나는 늦게까지 잘 생각이니까. 그런데 당신은 피곤하지 않아?"

"차를 타고 올 때도, 집에 도착해 차에서 내릴 때도 분명 피곤했어. 그런데 집에 도착해서 주변을 둘러보니까 별로 피곤한 것 같지 않아. 우리 집 뒤에 대나무가 있어선가? 대나무가 공기도 정화해 주나? 대나무에는 명절 스트레스도 없애 주는 뭔가 있나 봐."

"대나무가 아니라 고양이가 있어서 그런 건 아니고?"

"그런가…"

아내의 호기심은 명절 스트레스도 물리치는 효능을 발휘했다. 내가 본 어떤 기사에서는 명절 연휴가 끝나면 우리나라 이혼율이 급증한다고 하던데 우리 집은 아내의 호기심을 잡아 두는 고양이 때문인지, 아니면 찢어진 채로 버려진 종량제 봉투 때문인지, 어쨌든 우리는 우리 밖의 사정과는 달리 추석이 막 지난 지금도 행복했다. 나는 조금의 자만심을 가져도 되었다. 그리고 나는 편안하게 눈을 붙였다.

깨어 보니 아내는 없었다. 분명 마당에 종량제 봉투를 버린 범인을 찾고 있을 것이다. 나는 저번에 산 책 『융 심리학과 고양이』를 읽으며 아내를 기다렸다. 신화 속 고양이는 왜 머리가 잘리고 꼬리가 잘려야 하는지, 그리고 인간은 왜 익숙한 곳을 떠나와야만 하는지, 그 이유를 설명하는 책이었다. 아내가 밖에서 찾는 고양이는 내가 읽는 책에는 없었다. 동네를 어슬렁거리고, 종량제 봉투를 사정없이 물어뜯는 그런 실제적인 고양이 말이다. 책에 등장하는 고양이는 인간의 의식, 무의식과의 관계에서 은유되고 있을 뿐이었다. 아내에게 알려 줄 동네 고양이의 삶은 없었다. 무의식적 환상이 인간의 운명을 만든다는 말이 기억에 남았다. 아내는 왜 낯선 곳에, 낯선 사건에 호기심이 많은지, 나는 왜 엉뚱한 호기심을 가진 아내를 사랑하는지, 이 모든 게 무의식적 환상에서 비롯된다고 하니. 나의 어느 시점에서부터 무의식적 환상이 만들어졌을까? 아내가 돌아왔다. 나의 무의식적 환상이 이루어 낸, 사랑하는 아내가 오늘은 진지한 모습으로 내게로 걸어왔다.

"새로운 단서는 찾았어?"

"아니, 단서랄 것은 없고, 노랗고 하얀 털을 가진 고양이 한 마리가 잽싸게 우리 집을 빠져나갔어. 대나무밭을 지나쳐 그 뒤로 넘어갔어. 그 고양이는 못 먹어서 그런지 뱃가죽이 축 늘어져 있더라고. 아니면 새끼를 낳아서 그런 건가…. 고양이는 야행성 동물이라던데, 낮에는 몸을 숨겨 잠을 자거나 쉬고, 저녁 무렵이나 새벽에 움직인다고 하더라고. 그래서 저녁에 마당 주변과 우리 집 주변을 살펴볼 생각이야."

"당신, 벌써 고양이 삶을 다룬 책을 본 거야? 탐정 해도 되겠어. 글 쓰지 말고 탐정을 해. 고양이 탐정이나 찢어진 종량제 봉투를 버린 범인을 찾는 탐정."

"도경 씨, 도경 씨가 뭘 모르고 하는 소리야. 작가들은 탐정처럼 타인의 삶에 관심을 가져야 해. 타인의 삶에 관심이 없는 사람이 글을 어떻게 써? 대상에 깊은 애정이 없는 사람은 고통도 느끼지 않아. 고통을 느끼지 않는 사람은 감정의 깊이도 없어. 그리고 어떤 대상에 애정을 갖기 위해서는 대상을 알아야지 애정을 가질 수 있어. 그래서 나, 고양이와 개의 삶을 다룬 책 몇 권 보긴 했어."

"그건 그렇네. 그럼, 당신 탐정 하지 말고 계속 글 써."

저녁에 우리 집 주변을 둘러보고 온 아내는 별 소득이 없는지 가타부타 말이 없었다. 그나저나 나는 내일부터 출근해야 한다. 이 일을 어쩌나.

"도경 씨, 도경 씨, 일어나 봐."

"왜? 또 엄청나게 많은 쓰레기가 우리 마당에 버려지기라도 한 거야?"

"엄청난 단서를 발견했어. 어서 나와 봐."

나는 아내의 다급한 부름에 얼른 옷을 입고 아내를 따라 마당으로 나갔다. 마당은 이제까지 본 것 중에 가장 처참한 모습이었다. 종량제 봉투는 갈기갈기 찢겨 형체를 알아볼 수 없을 정도였고, 그 안의 쓰레기는 사방팔방으로 흩어져 있었다. 생선 뼈, 새우 껍질, 나무젓가락, 먹다 버린 밥, 커피 믹스 포장지, 종이컵, 종류를 헤아릴 수 없을 정도로 많은 쓰레기가 마당에 있었다. 평소에도 기름을 닦은 달력이나 휴지가 있었지만, 이번에는 기름을 닦은 신문지나 휴지가 몇 뭉텅이씩 나왔다. 우리 마당은 그야말로 각양각색의 쓰레기 집합소였다. 아내는 인상을 쓰는 나를 마당 끝, 흩어진 쓰레기가 끝나는 곳으로 데려갔다.

"도경 씨, 이것 봐 봐. 누군가 옷을 샀나 봐."

아내는 택배 박스에서 떼어 낸 운송장을 내게 보여 주었다. '산업로113번길 4-7 UN빌 302호'.

"휴대전화로 주소를 검색해 봤는데 우리 집에서 300미터 정도 떨어진 곳이야. 그곳에 사는 사람이 쓰레기를 담은 종량제 봉투를 들고 이 먼 곳까지 버리러 오지는 않았을 거잖아? 분명 동물들이 그곳에 내놓은 종량제 봉투를 우리 집까지 물고 온 걸 거야. 걔네들은 이렇게 무거운 것을, 그것도 두 개씩이나 여기까지 물고 오느라 얼마나 힘들었을까?"

나는 흩어진 쓰레기에 화가 나서, 당장 구청에 전화해 가능한 한 빨리 유기 동물을 잡아가라는 민원을 넣고 싶은 심정이었다. 그런데 아내는 어느 틈에 우리 집에 쓰레기를 가지고 온 개인지 고양이인지 모를, 그 동물들에게 연민이 생겼나 보다. 나는 속으로 개인지 고양이인지 모를 녀석들에게 욕을 퍼부었다. 나는 종량제 봉투를 가져와 우리 집 마당에 펼쳐져 있는 쓰레기를 주워 담았다. 이놈의 고양이 새끼들, 이놈의 개 새끼들.

"도경 씨, 잠깐만. 사진 좀 찍고."

"사진은 왜?"

"범인을 잡아야지. 예전에 찍은 사진과 비교해 보면 어떤 패턴 같은 게 있을 거야."

아내는 범인을 잡고 싶다고 하지만, 마음은 이미 그 범인을 짝사랑하고 있는 것처럼 보였다. 이렇게 많은 쓰레기를 앞에 두고서 아내의 눈이 웃고 있는 것을 보면 말이다. 아내는 여러 각도에서 사진을 찍었다. 아내는 쓰레기가 시작되는 곳에서 끝나는 곳까지 모두 나오게도 찍고, 쓰레기 가까이 가서 종류별로 사진을 찍기도 했다. 나는 아내가 사진을 다 찍을 때까지 화를 가라앉혔다. 아내가 사진을 다 찍자마자 나는 다시 쓰레기를 주워 담았다. 음식물이 묻은 포장지를 손으로 주워 담으니 찝찝했다. 거기에다 남이 먹다 버린, 굳어 가는 음식물 찌꺼기를 손으로 만지니 찐득찐득해서 더욱 불쾌했다. 이제까지 버려진 쓰레기는 종량제 봉투에 담으면 공간이 넉넉하게 남았는데 이번에는 20리터 종량제 봉투 두 개가 가득 찼다.

"이번에는 쓰레기가 제법 많아. 당신이 저번에 말했잖아. 우리 집 근처 숙소에서 생활하는 사람이 버린 쓰레기 같다고. 맞다, 이제 아니지. 300미터 떨어진 곳에 사는 사람이지. 하여튼 숙소 생활하는 미혼의 남자가 버린 쓰레기 같다고 말하지 않았나? 그런데 이번에는 당신의 그 가설이 들어맞지 않는 것 같은데…."

"도경 씨, 나도 도경 씨가 말한 것처럼 그 전과 달리 쓰레기 양이 많은 게 이상하다고 생각했어. 그래서 잠깐 생각해 봤어. 이번에는 왜 이렇게 쓰레기 양이 많은지. 그런데 생각해 보니 지난주는 명절 연휴였잖아."

"응?"

"오늘은 월요일이니 고향으로 간 사람들이 일요일인 어제까지는 숙소에 복귀했을 것이고, 아무래도 추석이었으니까 고향에서 싸 온 음식도 많았을 것 아니야? 그러니까 오늘 나온 쓰레기는 이제까지와 달리 기름 묻은 종이나 휴지가 많이 나온 게 어쩌면 당연한 것 아닐까? 종량제 봉투 안에 제법 큰 생선 뼈나 새우 껍질도 나왔잖아? 큰 생선이나 튀긴 새우 같은 음식은 명절 아니면 집에서 요리해서 잘 먹지 않는 음식이잖아. 그리고 추석 연휴가 끝났으니까 당연히 쓰레기도 그 전보다 많겠지."

"당신 말이 맞는 것 같네. 쓰레기 주워 담을 때 고소한 튀김 냄새가 많이 나긴 했어."

"그런데 아까 택배에 붙어 있던 송장의 주문 내역서를 보니까 남성, 오렌지 색상의 틸든 루즈 핏 가디건, 엑스 라지 사이즈라고 기재되어 있었어. 브랜드는 '스파오'였어. 이 시골 동네에 사는 나이 많은 분들이 그 브랜드를 아실까? 그리고 틸든 루즈 핏 가디건을 입으실까? 그것도 오렌지 색상을? 또 혹시나 이 브랜드를 안다고 해도, 그걸 택배로 주문하실 수 있는 분은 거의 없을 것 같아. 이 곳에서 예전부터 사는 나이 많으신 분들 중에는 말이야."

"그럼, 당신은 여전히 저 큰길 건너편 공장에서 일하는 젊은 남자들이 사는 숙소 같은 곳에서, 그러니까 송장의 주소지인 UN빌인가 하는 곳에서 사는 미혼의 남자들이 길가에 내놓은 종량제 봉투를, 동물들이 우리 마당에 물고 온다고 생각한다는 말인 거네?"

"응."

"그런데 이렇게 무거운 걸 300미터나 떨어진 곳에서 우리 집까지 물고 왔다면 봉지가 찢어지고, 중간에 쓰레기도 좀 흘렸을 것 같지 않아?"

"맞아. 그러네. 이번에는 종량제 봉투가 제법 무거웠으니까 개나 고양이가 가볍게 물고 올 수는 없었을 거고, 분명 바닥에 좀 끌렸을 거야. 종량제 봉투가 갈기갈기 찢어졌으니 어디서부터 찢어졌는지 알 수는 없을 테고, 이렇게 종량제 봉투가 찢어졌다면 분명 봉투를 들고 오는 중에 쓰레기도 삐져나왔을 것 같긴 한데…. 당신 출근하면 나 혼자 송장의 주소지까지 걸어가 봐야겠다."

"개나 고양이가 쓰레기를 물고 왔다면 어떤 길로 우리 집까지 왔는지 알 수 없잖아. 고양이나 개기 오기는 길은 사람들이 다니는 길보다는 더 다양할 것 같아. 고양이들과 개들은 좁은 길도 잘 드나드는데 그 길을 당신이 다 다녀 볼 거야?"

"20리터 종량제 봉투가 이렇게 빵빵한 게 두 개인데, 개나 고양이들이 그렇게 좁은 길로는 오진 않았을 것 같아. 우선 우리 집 근처의 골목길부터, 넓은 길보다는 좁은 길 위주로 다녀 봐야지."

"아니지. 개네들이 밤이나 새벽에 움직였다면 넓은 길, 좁은 길 가리지 않을 것 같은데…."

"그럼, 우리 집 가까운 곳부터, 그리고 넓은 길로 우선 찾아가 보지 뭐."

아내는 마당을 다시 한번 훑어보기 시작했다. 아내는 우리 마당에 감나무가 심겨 있는 곳에도, 공장과 우리 집을 가르는 담 주변도 서성거렸다. 그러고는 낡은 나무가 쌓인 곳까지 가서 그곳에서 한참을 서성거렸다. 그러다 내가 서 있는 곳까지 걸어왔다. 아내는 내가 있는 곳으로 걸어오다가 갑자기 마당에 앉았다. 이내 일어서더니 웃으며 다시 내게로 걸어왔다. 손에는 하얀 종이 한 장을 쥐고 그것을 내게 흔들며 왔다.

"도경 씨, 내 말이 맞는 것 같아."

"무슨 말?"

"다른 도시에서 살다 직장 때문에 이곳에서 지내는 사람이 내놓은 쓰레기 같다고 한 말."

아내는 조금 전에 마당에서 주운 듯한 쪽지를 내게 내밀었다. 아내가 나에게 건넨 것은 영수증이었다. '다이소 서울 응암역점, 컬러이중봉투 5매, 구매 가격 1,000원'. 결제 수단은 현금 카드였다. 아내가 예상한 것이 맞았다. 이곳에 나고 자란 사람들이 서울까지 가서, 그것도 다이소라는 곳에 일부러 들러, 1,000원 하는 봉투를 사면서 카드로 결제할 일은 아마도 없을 것이다. 차라리 80년대에 지어진 63빌딩으로 관광을 간다면 모를까, 이제 막 지어진 롯데월드로 관광을 간다는 것이라면 또 모를까. 이곳에 사는 사람들이 1,000원짜리 봉투를 사기 위해 서울까지 가지는 않을 것이다. 아내는 의기양양해서 웃고 있었다.

"도경 씨, 그리고 애네들이 금요일이나 연휴 끝나고 쓰레기 물고 오는 이유도 나는 알 것 같아."

"왜?"

"도경 씨, 생각해 봐. 주중에도 분명히 누군가는 쓰레기를 버릴 것 아니야?"

"그건 그렇지. 그런데 그게 왜?"

"금요일이나 휴가, 연휴 끝나는 날을 제외하곤 주중에 우리 집에 종량제 봉투가 버려진 적이 거의 없었어. 숙소 생활하는 사람들이 금요일 저녁 자신의 본가로 돌아가기 전에 모아 둔 쓰레기를 종량제 봉투에 담아 길가에 내놓고 가겠지. 그리고 밤이 되면 사람의 이동이 많지 않을 시간에 고양이나 개들이 그곳으로 몰려가 길가의 종량제 봉투를 우리 집으로 물고 오는 거지. 이번에도 추석 연휴가 끝나는 날에 종량제 봉투가 우리 마당에 버려졌어. 아마도 사람들은 명절 내내 부침개 냄새나 기름 냄새를 맡아서 역하게 느껴졌을 거야. 그래서 사람들이 피곤했을 테지만, 종량제 봉투에 쓰레기를 담아 내놓은 것 같아. 고향에 다녀와 피곤하고, 다음 날부터 출근해야 하니까 어딜 나가진 못하고 집에서 쉬는 사람들이 많았을 것 아니야? 그러니 당연히 사람들의 이동이 적었을 거잖아. 그 틈을 타서 고양이나 개들이 종량제 봉투를 우리 집에 물고 온 거겠지."

"당신 말이 맞네. 이야, 당신 대단한데. 아무리 생각해도 당신은 글 쓰는 쪽보다 탐정 쪽으로 직업을 전환하는 게 전망이 좋을 것 같아."

아내의 눈은 호기심으로 반짝였다. 탐색을 준비하는 아내를 위해서 아직은 출근하기 이른 시간에 나는 집을 나섰다. 아내의 호

기심은 조바심을 냈다. 퇴근해서 집으로 가니 아내가 반갑게 나를
맞아 주었다.

"쓰레기 탐색은 잘했어?"

아무리 기다려도 엄마는 오지 않았다. 깜깜해지고, 깜깜한 밤이 더 짙어질 때까지도 엄마는 오지 않았다. 나는 문득 두려워졌다. 엄마가 예전에 그랬던 것처럼 밤의 시간에 우리를 두고 어디론가 떠나 버릴 것만 같았다. 나는 오늘은 그날이 아닐 거라고, 그런 일이 깜깜한 밤의 시간에 일어날 수 없다고 생각하며 엄마를 기다렸다. 나는 모든 존재는 소리로 먼저 온다는 것을 알기에, 엄마도 어떤 형체로 오기 전에 분명 소리로 먼저 내게 올 거라고 생각했다. 나는 흘러가는 소리를 잡으려고 귀를 세웠다. 고요함마저 작은 소리로 변해 내게 들려왔다. 둔중한 소리였다. 분명 우리 종족은 아닐 것이다. 우리 종족은 가벼운

69

소리조차 잡아 두는 말랑말랑한 발바닥을 가졌기 때문에 저렇게 큰 소리를 낼 수는 없다. 조금 전에 들려왔던 소리는 처음에는 가벼운 소리로, 나중에는 끌리는 듯한 무거운 소리로 내 귀에 들려왔다. 툭툭 무언가 끊기는 소리, 이어서 툭 치익 하는 소리가 들렸다. 나는 처음 들어 보는 소리에 겁이 났다. 꼿꼿하게 귀를 세워 그 모든 소리를 귀에 담았다. 무언가 찢기는 소리가, 뒤이어 무언가를 핥는 소리가 들렸다. 하나의 소리가 아니었다. 차아압, 차아압 몇 개의 소리가 겹쳐서 들려왔다. 어느 순간, 소리가 멈추었다. 엄마가 돌아왔다. 내 꼬리는 꼿꼿하게 세워졌다. 엄마가 좋아서 나는 코를 엄마 코에 대고 문질렀다. 고소한 냄새가 났다. 그러고 나는 다시 앞발을 들어 엄마의 얼굴을 가볍게 톡톡 쳤다. 우리를 두고 떠나지 않은 엄마가 좋아서 엄마의 옆구리에 스치듯 내 몸을 비볐다. 엄마의 냄새가 내게로 넘어왔고, 내 몸의 냄새가 엄마에게로 넘어갔다. 엄마는 나의 눈을 핥고, 등을 핥고, 엉덩이를 핥고, 내 꼬리를 살짝 물었다. 엄마의 모든 냄새가 내게로 넘어왔다. 엄마가 내 곁에 있다. 나는 앉아서 코를 킁킁거리며 미끌미끌한 엄마의 젖을 찾아 빨았다. 엄마의 체온이 내 안으로 넘어왔다. 엄마는 내게 젖을 물리며 숨을 들이쉬었다. 엄마는 젖을 빠는 나를 핥고, 때때로 먼 곳을 응시했다. 그럴 때면 나는 엄마와 얼마쯤 떨어진 곳에 있는 것처럼 느껴졌다. 배가 차자 나는 엄마의 젖에서 입을 뗐다.

"엄마, 엄마, 어디 갔었어? 얼마나 엄마가 보고 싶었는데…."

"먹이를 구하러 갔지. 오늘은 제법 먼 곳까지 다녀왔어. 이제 너도 자야지. 엄마도 좀 쉬어야겠다. 춥다. 엄마한테 꼭 붙어라."

나는 엄마에게 듣고 싶은 이야기가 많았지만, 짙은 피로감이 담긴 엄마의 숨소리에 말을 멈추었다. 엄마 배에 머리를 대고 누웠다. 엄마의 숨소리에 맞춰 나도 잠이 들었다.

아침의 시간이 조금씩 늦어졌다. 나는 눈을 뜨고 엄마가 그랬던 것처럼 먼 곳을 바라봤다. 어디선가 철커덕 착, 하는 소리가 들려왔다. 그 소리와 함께 누군가 수평의 공간으로 걸어오고 있었다. 묵직하고, 둔한 소리였다. 나는 소리를 피해 몸을 숨겼다. 몸을 숨긴 채 수평의 공간에 두 마리의 거대 고양이가 엎드려 있는 것을 보았다.

○

아내는 우선 도로와 접해 있는 넓은 길을 따라 종량제 봉투 안에 든 송장의 주소지로 찾아갔다. 도로와 접해 있는 큰길가에는 스티로폼 조각 몇 개가 뒹굴었고, 담배꽁초, 비닐 등이 이리저리 굴러다닐 뿐, 우리 마당에 버려진 쓰레기와 종류가 같은 건 없었다. 큰길가에는 주유소 두 곳과 자동차 정비 업소, 그리고 식당 두세 곳이 있었다.

그리고 아내는 우리 집에서 300미터쯤 떨어진 곳에 도착했다. 그곳에서 안쪽으로 조금 들어가면 경로당이, 경로당 뒤편의 언덕 위로 조금 더 올라가면 여러 채의 원룸 단지가 있었다. 우리 마당의 쓰레기 출발지인 산업로113번길 4-7, UN빌도 그곳에 있었다. 그곳

72

은 원룸 건물의 구조가 대체로 그러하듯 1층은 주차장이었고, 2층부터 주거 공간으로 돼 있었다. 주차장 입구 쪽에는 재활용 수거함이 있었다. 그곳에 거주하는 사람들이 모두 출근했는지 주차장에는 자동차가 한 대도 없었다. 아내는 그곳에서 한참을 서성거리다 마을의 주민인 듯한 분이 지나가자 얼른 그곳을 벗어났다. 큰길과 얼마쯤 떨어진 곳에 있는 원룸 단지는 산을 따라 좁은 길이 있었다. 그 옆에는 산이 있었고, 산을 개간해서 만든 듯한 잘 관리된 밭도 있었다. 아내가 집으로 돌아올 때는 좁은 길을 따라왔다. 좁은 길을 따라서 걸어 내려오면 공터가 나오고, 그 공터는 아무래도 자동차 정비소 주차장으로 이용되는지 쉐보레 마크를 단 자동차만이 그곳에 가득했다. 자동차 정비소 앞의 골목길을 따라 걸으면 큰길과 좁은 길의 갈림길이 나오는데 아내는 약간 경사가 있는 좁은 길을 따라서 걸었다. 좁은 길의 가장 첫 번째 집은 대문이 열린 채 있었는데 그곳에는 꽁꽁 싸맨 고양이가 그려진 사료 봉지가 놓여 있었다. 그리고 수돗가에는 물그릇이 있었다. 그 주변에서 사람이 거주하는 곳은 그곳뿐이었다. 그 뒤쪽에는 사람이 살지 않는 집 몇 채가 있었다. 문짝은 떨어져 나갔고, 풀은 자랄 대로 자라 무성한 채 이리저리 쓰러져 있었다.

아내는 집으로 돌아왔다. 아내는 점심을 먹고 큰길가의 식당으로 갔다. 그곳에는 남은 음식물이 많으니까 아무래도 개나 고양이가 드나들 것 같다는 생각이 들어, 아내는 음식물 찌꺼기가 나올 시간인 한두 시쯤 그곳에 도착했다. 식당 앞쪽에는 점심을 먹고 나오는 사람, 의자에 앉아 커피를 마시는 사람들이 뒤섞여 있을 뿐, 고양이나 개는 보이지 않았다. 다시 식당의 뒤쪽 골목길로 들어섰는데 식당의 뒷문 입구에는 생선이 담긴 그릇이 놓여 있었다. 몇 미터 떨어진 곳에는 아내가 찾던, 반가운 고양이 한 마리가 생선을 노리고 있었다. 젖소 무늬였다. 아내가 그곳에 있어서인지 고양이는 생선이 놓인 그릇 쪽으로는 다가오지 못하고, 생선만 노리고 있었다. 아내는 식당 옆에 있는 주유소의 담 옆으로 몸을 숨겨 고양이를 지켜보았다. 고양이는 잽싸게 식당 뒷문에 놓인 생선 한 토막을 입에 물고 달려갔다. 아내는 뛰어가는 고양이를 따라가 보았지만, 고양이의 걸음이 너무나 빨라 고양이를 놓치고 말았다. 다시 식당 뒷문 쪽으로 온 아내는 식당의 손님이 다 나가기를 기다려 주인아주머니를 만났다.

"혹시, 고양이 돌보시나요? 고양이 한 놈이 뒷문 그릇에 놓인 생선을 물고 가서요."

"아, 아니요. 고양이들이 보이길래 생선 남은 게 있으면 내놓고 있어요. 짠 게 고양이한테는 좋지 않다고 해서 씻어서 내놓긴 해요. 예전에는 한두 마리만 보이던데 요즘 들어선 고양이들이 더 많아진 것 같아요. 한두 달 전에는 배가 조금 볼록한 고양이 한 마리도 보이던데, 임신한 것처럼 보였어요. 예전에는 보이지 않던 놈인데 한두 달 전부터 가끔 보이더라고요. 최근에 우연히 한번 봤는데 배가 꺼진 걸 보니 새끼를 낳긴 낳았나 봐요. 먹이 주던 사람이 이사 간 건지… 몇 달 전부터 예전에 오지 않던 고양이들까지 자주 여기로 와요. 그래서 자기들끼리 싸우기도 하고 그래요."

"아, 그렇구나. 정말 좋은 일 하시네요. 그럼, 고양이들만 주로 오나 봐요. 개는 오지 않나요?"

"몇 달 전에는 커다란 개가 한 마리 보이긴 했는데 한두 달 전부터는 안 보여요. 도로 건너다 죽었는지, 아니면 누가 잡아갔는지… 지금은 안 보여요. 요 옆에, 주유소에서 기르는 개가 있긴 한데 돌아다니는 개는 요즘 보질 못했어요."

"아, 그렇구나. 고양이 밥도 챙겨 주시고, 좋은 일 하시네요. 고맙습니다."

"뭘요, 남은 반찬 주는 건데."

"그래도 고맙습니다."

식당에서 돌아온 아내는 다시 우리 마당을, 집 뒤쪽을 돌아다녔다. 아내는 우리만 사는 곳이 아니라는 것을 알게 되자 이곳이 새롭게 느껴졌다. 이곳에는 우리와 함께 숨 쉬고 살아가는 어떤 존재가 있었다. 그래서 우리 집이 살아 있는 것처럼, 그래서 우리가 살아 있는 것처럼 느껴졌다. 어떤 존재가 머물고 드나들지 않으면 그곳은 생명이 다한 거라는 누군가의 말이 가슴으로 와닿았다. 오늘 집으로 돌아오다 본, 부서진 문을 달고 무성한 풀이 마당에 가득한 폐가 같은 곳 말이다. 그곳은 더는 생명이 살지 않는 곳이었다.

　나는 바람에 한들한들 흔들리는 대나무 이파리가 만들어 준 그늘에서 눈을 떴다. 여전히 창고 지붕 위다. 그늘은 계절을 업고 더욱 짙어졌다. 내 몸의 털도 짙은 그늘과 불어오는 바람에 조금씩 나부꼈다. 그리고 높고 맑은 하늘을 안은 계절이 우리를 감쌌다. 내가 계절에 안겨 생각에 젖어 있을 무렵 엄마가 고소한 냄새를 입에 물고 우리에게 왔다. 그것은 엄마가 언제나 아쉽게 놓쳐 버렸던 그윽하고 고소한 어떤 것이었다. 엄마는 그것을 생선이라 부르며 우리에게 던져 주었다. 오빠와 나는 생선을 입에 물고 머리를 옆으로 세차게 흔들어 뼈에 붙은 살을 떼어 냈다. 물에 젖은 고소한 맛이 입으로 몸으로 들어왔다. 나는 살며시 한쪽 눈을 감고 고기를 삼켰다. 혀가 기억하도록, 몸이 기억하도록 나는 오랫동안 씹고, 삼켰다. 오빠들과 나는 생선을 다 먹고는 입을 오물거리며 혀로 입술 주위를 핥았다. 엄마는 그런 우리를 알 수 없는 깊이를 담은 눈으로 바라봤다. 우리는 엄마의 표정을 이해하지 못하고, 연신 입을 살짝 벌리고 오므리며 혀로 입술을 핥았다. 우리를 바라보는 엄마에게,

"엄마, 맛있어. 엄마, 좋아."

이 말만 반복했다. 엄마는 웃을 듯 말 듯 한 표정으로 우리를 바라보고는 우리 곁으로 다가와 우리를 핥았다. 엄마 입에 남은 고소한 생선 냄새가 우리 몸에 옮겨와 붙었다. 배가 부른 우리는 엄마를 그곳에 두고 대나무밭으로 뛰어갔다. 엄마는 우리가 남긴 뼈에 붙은 살을 핥았다. 우리가 뼈에서 떼다 흘린, 흙이 묻은 살을 찾아 씹었다. 우리는 배가 부르고, 엄마는 배가 고팠다.

엄마는 따뜻한 햇볕에 언뜻 서늘한 바람이 깃든 그런 계절이 다가온다고 했다. 그런 계절이 시간을 타고 흐르면 우리는 서늘한 바람에서 한 줄기 따뜻한 햇볕을 찾을 수 있어야 한다고 했다. 그런 삶을 배워야 우리는 고양이답게 살 수 있다고 했다. 엄마는 우리를 햇볕이 가장 잘 드는, 대나무가 베어져 쓰러진 곳으로 데려갔다. 잎을 떨어뜨린 채 누운 대나무는 생선 뼈처럼

가느다란 가지만 이리저리 뻗치고 있었다. 엄마는 가는 가지 틈을 뚫고, 잎들이 쌓인 곳으로 들어갔다. 우리가 그곳에 누우니 잎 더미는 쑥 밑으로 꺼졌고, 이내 푹신해져 우리를 받쳐 주었다. 엄마와 우리는 그곳에 몸을 꼬고 누웠다. 그곳에는 따뜻한 햇볕도 찾아들었고, 대나무 가지 사이로 시원한 바람도 불어왔다. 그곳은 햇볕과 바람을 즐길 수 있는, 따뜻하고 포근한 자리였다. 엄마와 함께 있었다. 엄마와 함께, 늘 이렇게 있고 싶었다.

엄마는 언제부턴가 먹이가 사라졌다고 했다. 예전에는 늘 먹이가 있었다고 했다. 그래서 먹이가 이렇게 한순간에 사라질 거라고는 생각도 못 했다고 했다. 우리가 태어나기도 전부터, 그 언젠가부터 먹이가 사라졌다고 했다. 그래서 오늘도 엄마는 깜깜한 밤의 시간에 먹이를 구하기 위해 우리를 두고 사라졌다. 창고 지붕 위에서 뛰어내려, 돌을 밟고, 수평의 공간을 달려갔다. 엄마의 발걸음 소리가 그곳에 흔적을 남기기도 전에 엄마는 어디론가 사라져 버렸다. 엄마는 어둠 속에서 고소한 냄새를 찾아 헤매고 있을 것이다. 어딘가에서 들려오는 소리에 몸을 숨기면서, 엄마는 밤을 가르며 달리고 있을 것이다. 그리고 우리가 잠이 깨기도 전에 엄마는 우리에게 돌아올 것이다. 엄마가 돌아왔다. 하지만 낮의 시간에 물고 온 것과 같은 그런 생선은 없었다.

"엄마, 고기는, 고기는 없어?"

"응. 오늘은 고기가 없었어. 분명 고기 냄새가 나서 무언가를 물고 뜯었는데 냄새가 묻은 종이만 가득 뭉쳐져 있었어. 종이 뭉치 속에 고기가 있을 거라는 생각으로 종이를 다 펴 보았지만 고기는 없었어. 살이 조금 붙은 뼈만 있어서 너희들 주려고 가져왔지. 자, 이것 먹어."

오빠들과 나는 뼈를 하나씩 입에 물었다. 나는 뼈에 붙은 물컹하고 질긴 것을 물어뜯었다. 잘 뜯기지 않았다. 다시 이빨로 꽉 깨물어 보아도 뜯기지 않아 나는 뼈에 묻은 기름을 혀로 핥았다. 진한 냄새가 내 안으로 들어왔다. 엄마는 그런 나를 또 바라봤다.

○

"도경 씨, 도경 씨, 일어나 봐. 어서."

아내가 이른 아침부터 나를 부른다는 것은 분명 아내가 바라는 어떤 것이, 나에게는 그리 반갑지 않은 어떤 것이 우리 집에 도착했다는 것이다. 나는 조금 더 누워 있고 싶었지만, 우리를 이곳에 머물게 하는 아내의 환상을 깨고 싶지 않아서 일어났다.

"또 쓰레기야? 이번에는 동물들이 얼마나 많은 쓰레기를 가져 왔는데?"

"이번에는 쓰레기가 아니야."

"쓰레기가 아닌데도 그렇게 흥분을 해?"

"응. 이제 마당에 쓰레기가 없어도 흥분이 되고, 마당에 작은 어떤 거라도 떨어져 있어도 흥분이 돼."

나는 아내를 따라 마당으로 나갔다. 아내 말대로 이번에는 저번처럼 엄청난 규모의 쓰레기는 마당에 없었다. 아니, 쓰레기는 아예 없었다고 하는 말이 맞을 것이다. 아내가 아침부터 흥분할 아무런 이유가 없었다. 아내는 이제 마당에 쓰레기가 없어서 흥분하는 건가? 내가 열심히 마당을 훑어봤지만, 마당에 쓰레기는 보이지 않았다. 주위 공장에서 날아온 듯한 종이컵과 과자 봉지 몇 개만 나뒹굴었다. 그것도 열심히 살펴봐야만 발견할 수 있을 만큼 크기가 작은 것이었다.

"쓰레기는 없는데?"

"응, 내가 쓰레기는 없다고 했잖아."

"그럼, 이번엔 뭣 때문에 당신이 이렇게 흥분했을까?"

아내는 우리 집 마당이 끝나는 지점과 대나무밭이 시작되는 지점 사이에 있는 작은 공터로 나를 데리고 갔다. 그곳에는 낡은 나무가 쌓여 있었다. 아내는 손으로 땅바닥을 가리켰다.

"도경 씨, 여기 봐 봐."

"어디?"

아내는 앉으며 손가락으로 무언가를 가리켰다.

"뭐?"

"도경 씨, 봐 봐. 이거 돼지 뼈 아니야? 우리가 흔히 시켜 먹는 족발."

아내가 손으로 가리키는 곳을 쳐다보며 나도 아내처럼 앉았다. 그곳에는 살이 다 발라진 돼지 뼈 두 개가 있었다.

"족발이야. 우리는 족발을 먹지 않았잖아. 누군가 이것을 들고 왔다는 거지."

"응. 그렇겠지."

"항상 하는 말이지만, 사람들이 족발 먹고 여기에 버리러 오진 않았을 테고, 개나 고양이가 족발을 물고 우리 집까지 와서 살을 뜯어 먹었다는 거잖아. 그런데 동네 사람들 증언대로라면 개는 한두 달 전부터 우리 동네에 보이지 않았다고 하니 개가 물고 온 건 아닐 테고, 분명 고양이들이 물고 왔다는 건데…."

"개가 우리 동네에서 사라졌다면 고양이 짓이 분명하겠지. 이 녀석들 도대체 어디서부터 이걸 물고 왔을까? 그리고 하필이면 왜 우리 집으로 돼지 뼈를 물고 왔을까? 우리 집 앞의 공장, 당신이 저번에 종량제 봉투 들고 찾아갔던 곳도 마당이 꽤 넓어 보이던데, 왜 고양이는 공장의 마당으로는 돼지 뼈를 물고 가지 않았을까?"

"도경 씨, 나도 그게 좀 이상했어. 그곳의 마당도 꽤 넓어. 그분들은 특별한 일 없으면 야근도 잘 하지 않는 것 같더라고. 그런데 고양이들은 왜 그곳에 종량제 봉투를 물고 가지 않았는지 궁금해서 내가 공장 주위를 둘러봤거든."

"응. 그런데?"

"우리 집 앞의 공장은 퇴근할 때 철문을 닫고 가더라고. 철문 사이로 틈이 있어서 그 사이로 고양이가 드나들 순 있어도 고양이가 20리터 종량제 봉투를 물곤 드나들 수 없겠더라고. 그러니 저번에, 왜 내가 휴가 때인가 휴가 지나서인가, 하여튼 그때쯤에 종량제 봉투 들고 앞의 공장에 찾아갔었잖아. 그때 그분들이 공장 앞에 종량제 봉투가 찢어진 채로 있어서 우리를 의심했다고 했잖아? 고양이가 공장 안으로 종량제 봉투를 가져가지 못하니 철문 앞에서 종량제 봉투를 쫙 찢었겠지. 도경 씨, 그런데 고양이는 도대체 왜 종량제 봉투나 이런 뼈를 물고 우리 마당으로 오는 걸까? 어디 물어볼 사람도 없고."

"인터넷 검색 한번 해 보지 그래."

"검색해 봤지. 책도 읽어 봤지. 고양이가 쥐나 새를 물고 오는 건 인간에게 보은하는 거라느니 뭐 이렇게 이야기하는 사람들도 있고, 단순히 고양이로서는 전리품, 그러니까 사냥한 것을 자신의 영역에 가지고 와선 느긋하게 감상한다고 이야기하는 사람도 있었어. 그런데 고양이가 쓰레기를 가져오는 이유를 말하는 사람은 없더라고. 그냥 먹이가 부족하면 종량제 봉투를 뜯거나 뒤진다는 이야기하는 사람은 있었어. 그래서 고양이를 사람들이 더 싫어한다는 말도 하고. 고양이가 주위를 지저분하게 하니까. 고양이들이 살

기 위해서 하는 행동이 누군가에게는 혐오하는 이유가 된다니 참
마음이 그래."

"먹이가 부족한 건 분명하네. 당신이 저번에 갔던 식당의 아주머
니 있잖아? 왜, 짠 게 고양이 몸에 안 좋다고 생선을 씻어서 밖에
내놓는다는 분? 그분이 한두 달 진부디 식딩에 찾아오는 고양이
수가 늘었다고 하지 않았나? 왜 그럴까? 그분 말씀처럼 사료 주던
사람이 이사 가 버렸나? 도대체 몇 달 전 우리 동네에 무슨 일이
일어난 걸까?"

"그래서 말인데 도경 씨, 내일부터 앞집의 유민 엄마하고 선암호
수공원 걷기로 했어."

"왜? 고양이가 쓰레기를 우리 마당에 물고 오는 것과 선암호수공
원을 걷는 것이 무슨 관계가 있다고?"

"유민 엄마는 여기로 이사한 후부터 지금까지 혼자서 선암호수
공원을 걸었나 봐. 그곳에 고양이들이 많대. 고양이 돌보는 사람도
많고. 그곳에서 고양이 돌보는 분들께 고양이들이 우리 마당에 쓰
레기를 가져오는 이유를 물어보려고. 아무래도 몸으로 직접 경험
하는 분들이라 더 정확한 답을 알고 있을 것 같아서…. 운동도 하
고, 고양이들이 쓰레기를 가져오는 이유도 알고, 일석이조. 유민 엄
마와 더 친해질 수도 있으니 일석삼조쯤 되겠네."

역시나 아내의 실행력은 대단했다. 아내는 마치 생각하고, 바로

실행하기 위해 태어난 사람처럼 재빨랐다. 아내는 바로 다음 날 유민 엄마와 함께 선암호수공원으로 운동하러 갔다. 나는 아내가 가져올 답을 기대하며 회사로 출근했다.

파란 하늘이 이어지고, 이어지고 끝없이 이어졌다. 우리들의 시간도 밤과 낮, 아침과 저녁, 끝없이 이어졌다. 끝없이 이어지던 파란 하늘은 혼자 오지 않았다. 시간을 끝없이 이어 붙이며 왔다. 우리에게는 너무나 빠른 그런 시간이 우리를 스쳐 지나 갔다. 시간은 멈추지 않고, 흘러가면서 또 우리를 그 시간 안에 살도록 했다. 어쩌면 엄마의 조바심도 빠르게 흘러가는 시간에서 비롯된 것일 테다. 시간은 모든 것을 통제했다. 엄마는 우리를 살리기 위해 먹이를 구하러 갔고, 우리는 또 엄마 곁을 떠나기 위해 엄마와 지내던 곳과 조금씩 멀어지는 연습을 했다. 우리가 태어나 자라고, 엄마는 우리를 낳아서 키우고. 그리고 우리는 엄마를 떠나기 위해, 엄마는 우리를 보내기 위해 연습을 했다. 파란 하늘이 끝없이 이어지는 시간 위에서, 낮과 밤, 아침, 저녁이 끝없이 이어지는 우리의 시간 위에서. 우리는 시간 안에 머물며 살아갔다.

엄마는 우리를 수평의 공간으로 데리고 갔다. 엄마는 흙을 밟고는 킁킁거리며 코로 흙냄새를 맡았다. 엄마는 밟고 선 흙을 앞발로 파헤치기 시작했다. 엄마는 그곳에 엉거주춤 서서 꼬리를 뒤로 뻗어 똥을 누었다. 우리도 엄마처럼 코를 킁킁거리며 흙냄새를 맡고 앞발로 흙을 파헤쳤다. 나는 엄마에게 등을 보이고 앉아 뒤로 꼬리를 뻣뻣하게 뻗은 채, 리듬을 타듯 똥을 한 덩이 두 덩이 누고는 흙으로 덮었다. 내가 눈 똥도 시간 안에 풍덩 빠져 어떤 시간이 되었고, 어떤 사건이 되었다. 엄마와 나는 안전한 거리를 유지한 채 서로를 지켜 주었다. 그리고 가을의 시간을, 낮과 밤의 시간을 함께 보냈다. 그리고 우리는 조금씩 거리를 벌리며 멀어졌다.

○

　퇴근해서 집으로 오니 아내가 얼굴에 화색을 띠며 나를 맞아 주었다. 아마도 선암호수공원으로 운동하러 갔던 아내가 원하던 답을 알아냈으리라. 아내는 자랑할 때를 기다리는 아이처럼 나를 쫓아다니며 종종거렸다. 그런 아내의 행동이 귀여워 나는 아내의 말을 최대한 지연시켰다.

　"당신, 운동하니까 얼굴 좋네. 하루 운동했는데도 벌써 효과가 있는 것 같아. 좋은 화장품 살 필요가 없겠는데…. 마사지가 다 뭐야. 피부 미용엔 운동이 최고지."

　"내 얼굴이 그렇게 좋아 보여?"

　"응. 당신, 선암호수공원으로 계속 운동하러 가야겠다."

내게 하고 싶은 말이 많았을 아내는 얼굴에 웃음기를 거두고 이제는 조바심을 내기 시작했다.

"당신 안 궁금해? 내가 선암호수공원에 가서 고양이 돌보던 분 만나고 온 거?"

"궁금하지. 당신 얼굴이 너무 좋아 보여서 말이야. 그래, 고양이가 종량제 봉투를 왜 물고 온대?"

나는 이제는 아내의 욕구를 충족시켜 주기 위해 최대한 빨리 이야기의 본론으로 들어갔다. 아내는 그제야 조금 전 나를 맞아 주었을 때보다 더 밝게 웃었다.

"도경 씨. 고양이들이 우리 마당에 종량제 봉투를 물고 오는 건 우리를 신뢰해서 그렇대. 고양이들이 사냥감을 자신의 은신처로 물고 오는 것처럼, 가장 편안하고, 안전한 공간으로 종량제 봉투를 물고 오는 거래. 고양이로서는 최대한 편안하게 만찬을 즐기고 싶은 거겠지. 그리고 고양이는 죽을 때도 가장 안전한 장소에 가서 죽는다고 해. 자신이 사냥감이 되지 않으려고 가장 익숙하고 안전한 곳에 가서 죽어 간대. 고양이들이 교통사고로 죽지 않는 이상 우리가 고양이의 죽음을 목격할 수 없는 이유도 그것 때문이라네. 그런데 도경 씨, 난 그 이야기 들으니 괜히 슬퍼졌어. 고양이들이 누구에게도 배웅을 받지 못하고 혼자 쓸쓸히 죽어 간다고 생각하니까 마음이 아주 아팠어. 우리가 고양이 죽음을 본 적이 없는 건 그런 이유 때문일 거야."

아내의 말을 들으니 나도 괜히 울컥했다. 우리를 한 번도 본 적이 없던 녀석들이, 우리를 언제부터 봤다고 우리 마당을 가장 편안한 공간으로 생각했을까? 사람들은 이제 고양이에게 내어 줄 공간이 없는 것일까? 괜히 마음 한구석이 찌리릿 아팠다. 그동안 디러워진 마당을 보며 고양이들에게 욕을 퍼부었던 것도 미안했다.

"그런데 주영아, 고양이가 왜 그런 행동을 했을까? 종량제 봉투를 내놓은 길가에서 봉투를 뜯어도 되잖아. 고양이들이 굳이 300미터나 떨어진 우리 집까지 종량제 봉투를 물고 와서 그것을 갈기갈기 찢었을까? 당신, 저번에 갔던, 왜 있잖아? UN빌인가 하는 곳. 그곳에도 주차장이 있다고 하지 않았어? 그 옆에도 언덕이 있고, 밭도 있다고 하지 않았어? 조금 더 걸어서 오면 버려진 집도 있었다고 했잖아. 그런데 그런 공간을 놔두고 왜 하필 우리 마당에 쓰레기를 버리러 왔을까? 그것도 8월부터. 그전에도 이곳에 고양이는 살고 있었을 텐데…"

"맞아. 도경 씨, 그런데 도경 씨가 말한 곳은 우리 집 마당처럼 넓지 않았어. 그리고 원룸 단지에는 아무래도 젊은 사람들이 많이 사니까 늦은 시간까지도 드나들 거 아니야? 그리고 그곳엔 주차된 차도 많았을 테고. 그러니 고양이들은 그곳에서 마음 놓고 종량제 봉투를 뜯을 수 없었을 거야. 그리고 옆의 산에는 풀들이 무성하게 자라 있으니까 고양이들은 그것을 장애물로 인식하지 않았을까?"

"당신 말 듣고 보니 그렇네. 산에는 아무래도 풀들이 많으니 편안하게 종량제 봉투를 뜯을 수는 없었겠네. 봉투에서 나온 음식물 같은 것도 편안하게 먹을 수도 없었을 테고. 그런데 왜 하필 8월부터 종량제 봉투가 우리 집 마당에 버려졌을까?"

"우리가 2월에 여기로 이사했지? 그때는 우리 마당에 아무 일도 일어나지 않았잖아. 도경 씨 말처럼 왜 하필 8월부터 이런 일이 일어났을까? 참, 도경 씨, 쓰레기 무단 투기 사건이 일어난 후부터 대문 앞에 주차했잖아. 우리 차에 블랙박스 달았으니 블랙박스 확인해 볼까? 블랙박스에 고양이가 종량제 봉투 물고 오는 거 찍혔을 수도 있잖아."

"그러네. 우리 차에 블랙박스가 있었지."

우리 마당으로 들어오기 위해서는 작은 트럭이 드나들 수 있는 좁은 골목을 통과해야 한다. 골목과 마당의 경계에는 대문이 있다. 이사한 처음에는 우리는 대문을 닫아 놓았다. 한두 달 지나고 나서는 차가 드나들 때마다 문을 여닫는 게 귀찮아 항상 열어 놓게 되었다. 우리는 마당에 늘 주차하다 쓰레기 무단 투기 사건 이후부터 골목과 마당의 경계에 주차하게 되었다. 그곳에 차를 직선으로 세워 두면 양옆으로 제법 큰 틈이 생기기 때문에 차 앞부분은 골목 방향으로 오른쪽으로 비껴 세워 두었고, 차 뒷부분은 마당으로 향하게 해서 왼쪽으로 비껴 세워 두었다. 골목이 끝나는 곳, 그러니까 우리 마당이 시작되는 곳에 차를 비스듬히 세워 두었다. 쓰레기 대란을 막기에는 별 효과가 없었지만, 이제까지 우리는 우리 차에 블랙박스가 있다는 것을 잊고 있었다. 노트북에 메모리 카드를 꽂고, 영상이 재생되기를 기다렸다. 그 순간이 아주 길게 느껴졌다. 긴장되기까지 했다. 우리 차의 블랙박스는 차를 살 때 자동차 영업소에서 소개한 곳에서 아주 싼 가격에 단 것이라 성능을 확신할 수는 없었다. 자동차 앞과 뒤에 카메라가 있어 촬영 범위가 넓지 않고, 화질도 그다지 좋지 않았다. 하지만 지금으로선 믿을 수 있는 게 이 블랙박스밖에 없었다.

'이놈, 나타나기만 해 봐라.'

　엄마는 처음부터 이곳에 살진 않았다. 엄마가 눈을 뜨고 귀를 세운 후, 우리가 그랬던 것처럼 어거정어거정 걷는 법을 엄마의 엄마에게 배웠다. 엄마는 길을 걸으면서 세상을 배웠다. 그곳에는 아침의 시간에 먹이가 나와 엄마의 엄마와 함께 먹이를 먹었고, 낮의 시간에는 햇볕이 드는 곳을 찾아 잠을 자야 했다. 엄마는 저녁의 시간에는 사냥을 배웠고, 또 그곳에 차려진 먹이를 먹었다. 밤의 시간에는 주위를 탐색하며 조금씩 그곳과 멀어지는 연습을 했다. 그리고 엄마의 엄마와 멀어지는 연습을 했다. 엄마가 길을 걸으며 배운 시간 위에는 파란 하늘도, 뭉텅뭉텅 구겨진 구름도 있었다. 지상에 발을 딛고 선 엄마와 높이를 가늠할 수 없는 하늘 사이에는 한 번씩 시원한 바람이 찾아들었다. 그리고 얼마 후 매서운 바람이 불어왔다. 엄마가 머문 곳에는 느릿느릿 걷는 거대 고양이들이 많았다. 작은 바퀴가 달린 것을 밀며 걷는 거대 고양이도 있었다. 거대 고양이 한 마리가 아침의 시간, 저녁의 시간에 먹이를 내놓았나.

"살진아, 살진아, 밥이다. 먹어. 어서 먹어."

엄마는 엄마의 엄마와 함께 그곳으로 가서 먹이를 먹었다. 매서운 바람이 불 때면 엄마와 엄마의 엄마는 네 개의 동그라미를 달고 드르릉 소리로 멈춰 선 어떤 것에 올라탔다. 그곳에 누우면 얼마쯤 따뜻했다. 그리고 나른해지는 봄이 될 때 엄마는 엄마의 엄마가 엄마를 밀어내기도 전에 그곳을 떠나왔다.

○

    골목과 골목이 만나는 작은 공터에 가로등이 있었다. 왼쪽으로
는 공장의 주차장이, 그 옆으로는 우리 집으로 진입할 수 있는 좁
은 골목이 보였다. 그곳을 비추는 가로등이 꺼지는 순간, 세상은
온통 까맣게 변했다. 그리고 새벽 무렵에는 뿌옇게, 아침에는 하얗
게, 시간의 흐름을 색깔로 표현한 듯, 화면은 색깔 변화만 있을 뿐,
아무것도 보이지 않았다. 사람들이 사라진 공간, 그 공간을 시간
이 지배하고 있다는 느낌마저 들었다. 까맣고, 뿌옇고, 하얀. 아마
도 시간이라는 개념이 없었다면 우린 시간을 색깔로 표현했으리
라. 잔뜩 기대했던 나는 힘이 빠졌다. 나만큼 실망했을 아내 얼굴
을 보기가 겁이 났다. 나는 아내를 위로하듯 한마디 던졌다.

"내일은, 아니 금요일이나 일요일에 차 앞부분을 마당 방향으로 주차하면 어떨까? 우리 마당을 촬영하면 고양이든 개든 누구든 찍히지 않을까?"

"도경 씨, 사실 나 은근히 블랙박스에 범인이, 아니 고양이가 찍히지 않기를 바란 것 같아. 나는 고양이들이 우리 마당에 ~~중량제~~ 봉투를 물고 왔다고 확신하지만, 어쨌든 난 블랙박스에 범인이 찍히지 않기를 바란 것 같아."

아내의 대답은 뜻밖이었다.

"왜? 당신, 범인 빨리 잡고 싶어 한 거 아니었어?"

"그렇긴 한데 블랙박스로 범인 잡는 거 너무 뻔하고 시시하잖아. 마당에 버려진 쓰레기로 범인을 잡는 게 재미있고 흥미진진해. 이제까지 마당에 버려진 쓰레기 모두를 사진으로 찍어 놓았으니까 그것으로 범인을 찾아야지."

역시 내 아내다. 내가 사랑하는 아내다. 아내를 보면 언제나 살아 있는 느낌이 든다. 아내는 물에서 갓 잡아 올린 물고기 같다. 아내는 팔딱거리는, 햇빛을 마주 보며 은빛을 발산하는, 그런 한 마리 물고기 같다. 아내는 이 상황을 즐기고 있었다. 초록색을 뿜어내는 봄풀들의 향연에 붙들렸던 아내의 호기심은 6월의 지루함을 이겨 내고, 우리 마당에 버려진 쓰레기 사건으로 살아났다. 무서운 아내의 호기심, 아내의 호기심에 나도 붙들려 쓰레기 무단 투기 사

97

건에 깊게 개입하고 말았다. 그리고 고양이가 서서히 내 눈에 들어오기 시작했다. 나도 아내와 함께 팔딱거리는 한 마리 물고기로 변해 은빛을 발산하려 한다. 만약에 아내 말대로 고양이가 쓰레기를 마당에 물고 왔다면, 그 고양이가 우리를 신뢰해서 우리 마당까지 쓰레기를 물고 왔다면. 그렇게 생각하면 갑자기 가슴 한가운데가 찡해졌다.

한동안 우리 마당에 쓰레기 무단 투기 사건은 일어나지 않았다. 9월 셋째, 넷째 주에도, 그리고 토요일, 일요일 아침에도 우리 마당에 쓰레기는 버려지지 않았다. 나는 한편으로 우리가 그새 고양이의 신뢰를 잃은 것 같아 조금 자책하기까지 했다. 넓은 마당이 더 넓은 것처럼 느껴졌다. 나도 알지 못하는 사이에 고양이가 싫어할 만한 행동을 한 건 아닌지, 그간 내가 한 행동을 더듬어 보기까지 했다. 아무리 생각해도 나는 고양이가 싫어할 만한 행동을 한 적이 없었다. 추석 연휴 때 마당에 옆으로 길게 펼쳐진 쓰레기를 보며 무의식중에 욕한 것을 제외하고는 나는 고양이에게 잘못한 게 없었다. 우린 몇 주 만에 고양이의 신뢰를 잃고 말았다. 지금 내가 쓰레기를 기다리고 있는 건지, 고양이를 기다리고 있는 건지, 아니면 고양이의 신뢰를 기다리고 있는 건지 모르겠다. 어느 순간 나는 사람을 피하며 네 발로 걷는, 사람과 말도 통하지 않는, 그런 존재의 신뢰가 무척이나 고맙게 여겨졌다. 나도 누군가에게 그런 존재가 될 수 있다는 사실이···. 아내도 요 며칠 힘이 없어 보였다. 나와 다툰 적도 없었고, 기분 나쁠 일도 없었고, 생리 전도 아닌데 아내 는 즐거운 일이 없는지 잘 웃지도 않았다.

"주영아, 혹시 고민 있어?"

"아니, 그런 일 없는데. 왜?"

"요즘 힘이 없어 보여. 잘 웃지도 않고, 당신 안의 힘이 다 빠져나 간 것처럼 보여. 당신, 괜찮은 거지?"

"응. 그냥, 그래."

그냥 그렇다는 말은 분명 이유는 많지만 말하기 싫다는, 일상 의 어떤 거부에서 비롯된 말 같아서 나는 덜컥 겁이 났다. 나는 9 월 마지막 주까지 아내의 "그냥, 그래."라는 말에 압도되어 아내의 눈치만 살폈다. 제발 우리 마당에 무슨 일이라도 생기길, 고양이가 다시 우리를 신뢰해 주길 빌었다.

10월 3일은 개천절, 다음 날은 금요일, 그리고 토요일, 징검다리 연휴라 난 아내에게 10월 3일에 가까운 곳이라도 다녀오자고 제안 했다. 돌아온 아내의 대답은,

"으응, 그럴까? 그날 컨디션 보고."

두 문장, 아주 간결했다. 가고 싶지 않다는 완곡 화법이었다. 내 게는 삶에 흥미를 잃었다는 거친 말처럼 들렸다. 아내의 무성의한 대답에 나도 힘이 빠졌다.

엄마는 아침의 시간과 점심의 시간, 저녁의 시간까지 투닥거리는 소리로 세상을 달구는 곳 옆에 터를 잡았다. 그곳에는 차르륵 소리 내며 떨어지는 물을 담는 그릇도 있었고, 먹이도 늘 있었다. 그곳에서 엄마는 따뜻한 날을 골라 처음으로 아이를 낳았다. 한동안 따뜻한 날이 이어졌다. 엄마의 아이들은 꼬물거리며 태어나 눈을 떴고, 귀를 세워 아장아장 걸었다. 아이들은 높낮이의 차이가 몸을 앞뒤로 흔들고 뒷다리를 굽혀 뛰어올라야만 하는 이유인 것도 배웠다.

비가 내렸다. 따뜻한 햇볕만 알았던 아이들은 내리는 비에도 햇볕의 온기가 있을 것이라는 생각에 좁은 마당과 장독대를 뛰어다녔다. 비는 며칠째 계속 내렸다. 아이들은 내리는 비에 눈은 짓물렀고, 몸의 온기는 서서히 빠져나갔다. 마침내 아이들의 몸은 모든 온기를 세상에 내놓은 채, 굳어 갔다. 엄마는 코를 킁킁거리며 누운 아이의 냄새를 맡고, 굳은 아이를 앞발로 실머시 긴드러 보있다. 하지만 누운 아이들은 다시 일어서 걸을 수 없었다. 아이들은 엄마를 잃고, 세상을 잃었다. 엄마가 아이들에게 사랑을 다 주기도 전에 아이들은 굳은 몸을 남기고, 공기처럼 가볍게 지상을 떠나 버렸다. 엄마는 먹이도 있고, 물도 있고, 숨어들 깜깜한 곳도 있었던 그곳이 이제 싫어졌다. 엄마는 다시 그곳을 떠나왔다.

○

난 아내의 컨디션을 살피며 10월 3일을 맞았다. 해가 뜨기도 전에 나는 눈을 떴다. 다급하게 나를 찾는 아내의 목소리가 들렸다. 오랜만에 듣는 일상을 파괴하는 아내의 흥분, 그 흥분이 오늘은 정말 반가웠다.

"도경 씨, 일어나 봐."

"왜? 드디어 우리 마당에 쓰레기가 돌아온 거야?"

아내의 생기 있는 목소리에 나도 신나 마당으로 뛰어나갔다. 쓰레기가 마당에 사방팔방으로 흩어져 있었다. 잔디밭 이쪽 끝에서 저쪽 끝까지 쓰레기가 파노라마처럼 펼쳐져 있었다. 이제까지 버려진 쓰레기 중에서 그 양이 가장 많았다. 쓰레기가 다시 우리 마당

에 버려진 것이 반갑긴 한데, 마음 한쪽에선 나도 모르게 또 욕이
나왔다.

'이놈의 자식들, 이건 너무 심하잖아. 어떻게 이렇게 처참하게, 우
리 마당을…. 이놈의 고양이 새끼들.'

그런데 아내는 쓰레기가 시작되는 곳에 서서 씨익 웃고 있었다. 어제
까지 내가 본 생기 잃은 아내의 모습은 거기에 없었다. 분명 아내
의 컨디션은 좋아 보였다. 나는 종량제 봉투를 가져와 쓰레기를
주워 담으려 했다.

"도경 씨, 잠깐, 잠깐만. 쓰레기는 내가 치울게."

"왜? 쓰레기 더러운데, 손으로 만지면 찝찝한데…."

"아니야, 쓰레기 치우면서 어떤 종류의 쓰레기가 있는지 살펴보
려고. 내가 치울게. 도경 씨는 방에 들어가 좀 쉬어."

나도 이번에는 고양이가 어떤 쓰레기를 물고 왔는지 궁금하긴
했다. 하지만 아내의 즐거움을 뺏기 싫어 나는 방으로 들어왔다.
조금 지나니 아내도 집 안으로 들어왔다.

"도경 씨, 쓰레기 주우며 보니 우리 집 근처에 있는 회사 달력 같
은 게 나왔어. 다 먹은 닭 뼈를 싼 것 같더라고. 그래서 그 회사 이
름을 스마트폰으로 검색하니 여기에서 2킬로미터 정도 떨어진 곳
이었어. 우리 집 앞 8차선 큰 도로를 건너야만 갈 수 있는 곳이었
어."

"얘네들이, 아니 고양이들이 그 무거운 걸 들고 그렇게 먼 곳에서, 그것도 왕복 8차선 도로를 건너서 우리 집까지 왔다는 거야?"

"으응."

"설마. 당신이 저번에 말했던 것처럼 그 회사 다니는 직원이 숙소 근처의 길가에 내놓은 쓰레기겠지. 치킨을 다 먹은 후 그 달력으로 쌌겠지. 하지만… 당신 말대로 공장에서 버려진 쓰레기를 고양이가 물고 왔다면 고양이들 참 힘들었겠다."

"그렇게 먼 곳에서, 그것도 큰 도로를 건너 우리 집까지 오면서 얼마나 자주 삶과 죽음을 오갔을까? 우리 집까지 물고 온 쓰레기에는 고양이들이 원하는 게 있었을까? 무거운 냄새의 흔적만 있고, 정작 얘네들이 먹을 만한 게 없었다면 얼마나 마음이 무너져 내렸을까? 고양이들이 냄새의 흔적에 목숨을 걸었다고 생각하니까 마음이 아프네."

밤이 되기를 기다리고 소리에 반응하며, 고양이는 귀를 얼마나 자주 세웠을까? 사람이 들을 수 없는 미세한 소리까지 듣는 고양이에게 새벽에 달리는 자동차 소리는 분명 공포였을 것이다. 고양이들은 달리는 자동차 소리를 두려워하며, 자신들보다 속도가 빠른 차를 피해 우리 집까지 왔다. 그것도 무거운 종량제 봉투를 물고 왔다고 생각하니 나도 모르게 가슴 한쪽이 아팠다. 고양이의 삶의 무게가 가볍지 않게 여겨졌다. 아내가 갑자기 밝은 목소리로 나를 불렀다.

"도경 씨, 우리, 차 몰고 달력의 주소지로 찾아가 보자."

"으응? 그럼, 오늘 놀러 가기로 한 건?"

"나는 거기에 다녀오는 것만으로도 기분 전환이 될 것 같아. 아니, 이제 기분 전환 할 것도 없어. 그곳에 가서 이것저것 보고 싶은 게 많아."

"그래, 그러자."

우리는 차를 타서 내비게이션을 켜고 달력의 주소지인 '울산광역시 울주군 상개로 64-75'를 검색하고 내비게이션이 경로를 안내하기를 기다렸다. 그런데 찾을 수 없는 주소란다. 다시 스마트폰의 길 찾기 앱으로 주소를 검색했다. 역시나 찾을 수 없는 곳이란다. 아내가 스마트폰으로 회사 이름을 검색했을 땐 분명히 존재하던 곳이었는데, 내비게이션에서 주소로 검색하니까 찾을 수 없는 곳이라니, 난감했다. 아내는 무언가 생각하는가 싶더니,

"도경 씨, 주소로 검색하지 말고, 회사 이름으로 검색해 보자. 아까 스마트폰으로 회사 이름을 검색했을 땐 분명히 주소지가 나왔어."

라며 목소리를 높였다.

"아, 맞다. 그러면 되겠네."

나는 다시 내비게이션에다 '에스에이치케미컬 주식회사'를 검색했

다. 회사 이름으로도 주소가 검색되지 않으면 분명 유령회사인데. 나는 긴장되는 마음으로 이번에는 현실에 있는 곳이기를 바랐다. 다행히 내비게이션에서는 경로를 안내하는 지도가 펼쳐졌다. 우리 동네에서 2, 3킬로미터 떨어진 곳이었다. 여기에서 그곳까지 가는 데는 약 6분 정도 걸린다고 했다. 우리가 가려는 곳은 내가 잘 아는 석유화학단지 내에 있었다.

차를 서서히 출발시켰다. 골목길을 빠져나와 왕복 8차선 큰 도로를 1분 정도 운전해서 좌회전해야 했다. 앞으로 직진해서 좌회전하면 롯데케미컬이 나오고, 다시 우회전하면 한화솔벤트, 그리고 또 우회전하면 한화케미컬. 회전할 때마다 우리가 탄 차는 공단의 깊숙한 곳으로 들어갔다. 운전할수록 공단의 규모는 커졌고, 굴뚝의 높이는 더 높아졌다. 도로가 끝나는 곳까지 다다르니 작은 도로가 나왔다. 그 도로 끝에 우리가 찾던 '에스에이치케미컬'이라는 글자가 새겨진 공장이 보였다. 그곳에는 높은 굴뚝은 없었지만, 낮은 건물 수십 채가 넓은 땅에 여기저기 세워져 있었다. 2, 3킬로미터의 거리, 고양이는 꺾고 꺾이는 도로를 무슨 힘으로 건너 우리 집까지 종량제 봉투를 물고 왔을까? 자갈이 깔린 공장 앞 주차장에 차를 세우고, 우리는 차 안에 앉아 넓은 공간 여기저기에 세워진 공장을 바라봤다. 아내를 쳐다보니 뭔가 골똘히 생각하는 것 같았다. 나도 아내를 따라 앞에 있는, 석유화학단지와 어울리지 않는 하얀색 건물을 감상했다. 규모가 작은 공장 여러 채가 넓은 공터에 세워진 모습과 저 멀리 우뚝 서 있는 큰 굴뚝을 바라보았다. 마치 공장이 숲을 이루고 있는 것처럼 보였다.

"아무리 생각해도 불가능한 일인데…. 고양이들이 여기에서부터 우리 집까지 종량제 봉투를 물고 오는 건 힘들어 보이는데…. 사람이 여기에서 우리 집까지 20리터 종량제 봉투 들고 오는 것도 힘든 일인데…."

나는 혼잣말처럼 중얼거렸다.

"…."

아내는 아무런 말이 없었다. 창밖을 멍하니 바라보고 있었다.

"고양이들이 종량제 봉투를 물고 온 게 새벽이라면, 도로에 차들이 많이 다니지 않아 어쩌면 가능할지도 모르겠지. 하지만 난 그건 불가능한 일이라고 생각해. 이 먼 거리에서 고양이들이 종량제 봉투를 물고 우리 집까지 왔다고? 난 믿기지 않아. 당신이 예상한 것처럼 이 회사 직원이 우리 집과 가까운 숙소에서 치킨을 먹고, 회사 달력으로 뼈 같은 걸 싸서 종량제 봉투에 넣고는 길가에 내놓았겠지. 고양이들이 그걸 물고 우리 마당으로 왔을 거야. 저번에, 추석 연휴 끝난 날, 마당에 쓰레기 많이 버려진 날. 당신이 숙소 생활하는 사람들이 종량제 봉투를 밖에다 내놓았는데 그걸 누군가 물고 우리 마당에 가져온 것 같다고 했잖아. 그리고 그전에도 닭 뼈를 싼 새마을금고 달력을 몇 번 본 적이 있었잖아. 새마을금고 달력으로 뼈를 쌌다고 해서 새마을금고에서 종량제 봉투를 버렸다고 할 순 없잖아. 사람들 심리가, 더러운 걸 버릴 때 처음에는 자신과 관련이 없는 종이 같은 걸로 싸서 버릴 거 아니야. 그것마저 다 떨어지면 어쩔 수 없이 자신과 관련 있지만, 필요 없는 것으로 싸서 버리겠지. 숙소 생활하는 에스에이치케미컬 직원이 회사 달력으로 닭 뼈를 싸서 길가에 내놓은 종량제 봉투를 고양이들이 물고 우리 집으로 온 것 같아. 고양이들이 이곳에서부터 종량제 봉투를 물고 우리 집까지 오는 건 불가능해."

드디어 침묵을 깨고 아내가 내 말에 반응했다.

"맞다. 내가 예전에 그렇게 이야기했지. 맞아. 예전에 찢어진 종량제 봉투에 먹고 남은 닭 뼈를 싼 새마을금고 달력 많이 나왔어. 그때는 우리도 치킨 먹고 남은 뼈를 달력으로 싸서 버리니까 이상하다고 생각하지 않았어. 이번의 이 회사 달력은 흔히 봐 왔던 새마을금고 달력이 아니라서 내가 눈여겨봤나 봐. 그런데 도경 씨. 만약에 고양이들이 새벽 시간을 이용해서 이 먼 곳에서부터 종량제 봉투를 물고 우리 집까지 왔다고 한다면, 고양이들이 얼마나 살고 싶었으면 그렇게 했을까? 난 그런 생각이 들어. 고양이들이 살기 위해 날마다 죽음의 길을 달려왔다는 거야. 그런 생각을 하면 참 마음이 아파."

"그나마 고양이가 야행성 동물이어서 다행이야. 주행성 동물이라면 인간의 활동 시간과 겹쳐서 살아가기 더 힘들었을 거야. 고양이는 새벽이나 저녁 무렵에 활동한다고 하니, 어쩌면 새벽 시간이 고양이들이 다니기에는 더 편했을 수도 있어. 우리 그렇게 생각하자."

"으응."

아내는 대답하면서도 얼굴은 슬퍼 보였다. 나 역시 먹이를 구하기 위해 고양이들이 우리 집에서 이곳까지 오갔다고 생각하니까 마음이 아팠다. 우린 주차장에 세워 둔 차에 앉아 한참을 여기저기 흩어져 자리하고 있는 하얀 건물을 바라봤다.

"주영아. 아무리 생각해도 이상한 게, 왜 8월부터였을까?"

"무슨 8월?"

"우리 마당에 쓰레기 무단 투기 사건이 일어난 건 우리가 휴가라 3박 4일 여행 다녀온 이후부터였잖아. 그 덥다는 8월 초에, 따뜻한 봄도 아니고 하필이면 왜 8월부터 고양이들은 우리 집에 쓰레기를 물고 오기 시작했을까? 그 당시 우리 동네에 무슨 큰 사건이라도 발생했었나? 고양이들이 생존의 위협을 느낄 만한 그런 사건이 우리 동네에 일어났었나?"

"그러네. 저번부터 도경 씨가 왜 8월부터 쓰레기가 우리 마당에 버려졌는지 궁금해했지? 내가 잠깐 잊고 있었네. 도경 씨 말대로 왜 8월부터 우리 마당에 쓰레기가 버려졌을까? 8월 이전이면 우리가 여기로 이사한 지 얼마 되지 않아 동네 사정을 잘 알지 못할 때였잖아. 우리가 알지 못한 어떤 사건이 생겼을 수도 있겠네. 그 사건이란 대체 뭘까? 선암호수공원 걸으러 갈 때 유민 엄마한테 물어봐야겠다. 도경 씨, 우리 저녁 무렵에 다시 여기로 오는 건 어때?"

"응. 괜찮아. 그러자."

좌회전, 좌회전, 그리고 우회전해 공장을 싸고돌며 미로처럼 얽힌 석유화학단지를 우리는 벗어났다. 속도제한 없이 달리는 화물차들의 틈에 끼여 왕복 8차선 산업도로를 운전해 집으로 왔다.

아내와 나는 저녁을 먹고, 할 일 없이 어슬렁거렸다. 우리 마당에도 푸르스름한 저녁이 내려앉고, 조금씩 검은 빛으로 변해 갔다. 고양이들이 움직이기에 좋은 시간이었다.

"주영아, 이제 출발하자."

아내는 이미 준비를 다 하고 있었다. 골목을 빠져나와 8차선 도로로 접어들었다. 연휴라 차들이 다 빠져나가서인지 8차선 도로는 더욱 넓어 보였다. 낮에 온 것처럼 큰 도로에서 좌회전, 석유화학단지 접어들면서 좌회전, 다시 우회전, 또다시 우회전, 우리는 점점 공장의 깊숙한 곳으로 들어왔고, 하얀색 굴뚝에도 어둠이 내려앉아 깜깜했다. 저기 먼 곳에 서 있는 철기둥의 전등만이 크리스마스트리의 불빛처럼 반짝거렸다. 고요했다. 우리는 낮에 그랬던 것처럼 주차장에 차를 대고, 어둠의 한 자리를 차지해 그곳에 앉아 있었다. 창을 내려 밖에서 들려오는 소리를 들었다. 한 번씩 속도를 내며 달리는 자동차 소리만 들려왔다. 고양이 울음소리는 들려오지 않았다. 그리고 집으로 돌아왔다.

　엄마는 이곳으로 온 지 얼마 되지 않아 속이 또 울렁거렸다. 처음에 엄마는 그것이 무엇을 의미하는지 몰랐다. 그래그래, 예전에 그랬던 것처럼 엄마는 또 누군가를 그리워하고 있는 것이었다. 울렁거리다 곧 격렬한 몸부림이 이어진다는 것을 엄마는 곧 기억해 냈다. 엄마의 예상대로 엄마는 곧 머리를 땅에 박고, 엉덩이를 세워 몸을 비비 꼬기 시작했다. 그리고 알 수 없는 울음소리가 엄마의 몸 깊은 곳에서 삐져나왔다. 아오옹 아오옹 엄마는 몹시 괴로웠다. 엄마의 몸이 이곳저곳 아파 왔다. 얼마쯤 괜찮아지다가 다시 엄마의 몸 깊은 곳에서 울음소리가 삐져나왔다. 아오옹 아오옹, 그런 얼마 후, 몇 마리의 낯선 수고양이가 엄마 곁에 섰다. 엄마는 햇볕을 찾아 뛰었다. 낯선 고양이도 엄마를 따라 뛰었다. 그리고 예전에 그랬던 것처럼 낯선 수고양이는 엄마의 목덜미를 물었다. 엄마는 외마디 비명을 지르며 도망갔다. 그리고 아이를 가졌다.

4월에 태어난 엄마의 아이는 다섯 마리였다. 누군가 먹이를 똑같은 자리에 항상 두었다. 꼭 엄마의 엄마와 함께 살았을 때처럼. 그 옆에는 언제나 물이 있었다. 그래서 엄마는 아이를 키우는 것이 하나도 힘들지 않았다. 엄마는 아이들이 몸을 납작 엎드리고 있다가는 갑자기 펄쩍 뛰어 동생 등을 타고 노는 모습을 바라보았다. 그리고 나비가 풀잎에 앉으면 몸을 납작 엎드린 채 오른 앞발을 구부리고 뒷발을 구르며 펄쩍 뛰어 나비를 잡으려는 아이들의 모습도, 날아가는 나비를 따라다니는 아이들 모습도 바라보았다. 그 옛날 엄마도 엄마의 엄마와 함께 그렇게 놀았었다. 그 기억이 엄마가 엄마의 아이를 키울 수 있게 했다. 엄마의 기억이 엄마를 엄마로 만들었고, 태어난 아이들을 사랑할 수 있게 했다. 엄마는 서로의 등을 겨눠 사냥 놀이 하는 아이들을 흐뭇하게 바라보면서도 귀로는 어딘가에서 들려오는 소리를 쫓았다. 일상을 깨는 어떤 날카로운 소리를 쫓고 있었다. 날카로운 소리는 항상 갑자기 어떤 위험과 함께 왔기에 엄마는 소리가 나는 쪽으로 귀를 세웠다. 날카로운 소리는 엄마의 한쪽 귀에 뱅글뱅글 돌았다. 그럼 엄마의 귓바퀴도 소리가 나는 방향으로 꿈틀거렸다. 하늘에서 우우우, 위 윙 잉 하는 소리를 내며 뭔가가 지나가면, 놀고 있던 아이들도 목을 뒤로 꺾어 소리를 바라보듯 눈으로 그 물체를 쫓았다. 한 번도 들어 보지 못한 소리에 한동안 몸은 굳어 있었다. 그 순간이 지나면 아이들은 엄마 곁으로 와 젖을 물었다. 엄마는 다섯을 위해 아무 곳이라도, 그곳이 차가운 바닥이든, 울퉁불퉁 자갈이든 누웠다. 아이들은 엄마 젖을 앞발로 꾹꾹 누르며 빨았다. 아이들이 젖을 다 먹고는 그르릉 소리로 푸근한 마음을 달래는 것도 그때부터였다. 그때는 먹이도 충분했고, 날씨도 따뜻했다. 모든 것이 좋았다.

따뜻한 날, 햇볕이 너무 좋아 아이들은 평평한 받침돌 위에 누워 햇볕을 쬐며 서로의 등을 올라타고, 목을 물고 누웠다 일어섰다. 일어선 형은 꼬리를 옆으로 살랑살랑 흔들고 머리를 틀어 누운 동생을 노려보다 누운 동생의 앞발을 힘을 뺀 이빨로 물었다. 받침돌과 조금 떨어진 곳에는 낡은 나무가 쌓여 있고, 그 위에는 풀들이 무성하게 자라서 낡은 나무를 덮었다. 엄마는 받침돌과 조금 떨어진 곳에서 아이들의 장난을 바라보았다. 아이들은 낡은 나무의 작은 틈으로 들어갔다 나오며 놀았다. 한 아이가 작은 틈으로 들어갔다 나오면 다음 아이가 그곳을 들어갔다 나왔다. 아이들은 순서대로 그곳을 들어갔다 나왔다 반복했다. 엄마는 아이들의 장난에 흐뭇해하며 따뜻한 햇볕이 좋아 잠깐 눈을 감았다. 그리고 눈을 떴다. 한 아이가 이제 막 작은 틈을 빠져나왔는지 받침돌 위에 스르르 누웠다. 어느 순간, 아이는 뒷발을 높이 쳐들고 떨며 천천히 발을 아래로 뻗었다. 누운 아이는 작은 틈으로 들어갈 순서가 되어도 일어나지 못하고, 뒷발과 앞발을 옆으로 뻗은 채 움직이지 않았다. 부동의 자세로 누워 있었다. 엄마는 아이와 얼마쯤 떨어져 엎드린 채로 굳어 가는 아이를 바라보았다. 나머지 아이들은 어느새 받침돌 위에 누운 동생이면서 형이었던 존재를 잊고 엄마에게로 와, 엄마 등을 타고 놀았다. 엎드린 채 가만히 있는 엄마를 이상하게 여긴 아이들은 엄마의 코에 자신의 코를 갖다 대었다. 아이들은 여전히 움직임이 없는 엄마가 이상했다. 그래서 엄마 코에다 엉덩이를 들이밀어 자신의 냄새를 묻혔다. 하지만 엎드린 엄마의 자세는 흐트러지지 않았다. 엄마는 부동의 자세로 누운 아이를 바라보며 눈물을 흘릴 줄 몰라, 눈을 부릅뜬 채 아이를 그저 바라보기만 했다. 누운 아이는 대나무의 흔들림도 느끼지 못했고, 바람에 흩날리는 풀들의 몸짓도 느끼지 못했다. 그리고 죽음으로 자신의 존재를 증명했다. 엄마는 한참을 엎드려 있었다. 차마 아이에게는 다가가지 못하고, 세상의 시간이 멈춰, 굳은 몸이 되어 버린 아이를 뚫어지게 응시할 뿐이었다. 나머지 아이들은 이제 작은 틈에 들어갈 순서를 잊고, 엄마의 등만 타고 놀았다. 엄마는 누운 몸을 일으켜 세워 네 발로 일어섰다. 그리고 코를 킁킁거리며 누운 아이의 냄새를 맡았다. 아이의 냄새는 엄마와 이어져 있었다. 엄마와 이어지던 아이의 냄새가 서서히 사라져 갔다. 엄마는 앞발로 누운 아이를 툭툭 건드려 보았지만, 아이는 일어날 수 없었다.

그리고 엄마는 잠깐 자리를 떴다. 엄마는 대나무 숲으로 달려갔다. 떨어진 잎이 쌓여 이제는 낡은 시간이 되어 버린 곳에 섰다. 코를 땅에 대고 킁킁거리며 익숙한 냄새를 찾았다. 아주 잠깐, 희미한 냄새가 났다. 발자국, 코, 꼬리, 털…. 옅었지만, 선명한 누운 아이의 체취였다. 엄마는 앞발로 그곳에 쌓인 잎을 걷어 내고 깊이 팠다. 그러곤 다시 누워 있는 아이에게로 왔다. 그런데 아이가 없어졌다. 분명히 평평한 돌 위에 누워 있어야 할 아이가 사라졌다.

"아오옹, 아오옹."

엄마는 낮은 목소리로 아이를 불러 보았지만, 아이는 엄마 곁으로 돌아오지 않았다. 엄마의 울음소리에 대나무밭이 시작되는 흙밭에서 사냥 놀이하던 아이들만 엄마 곁으로 왔다. 받침돌 위에 누워 일어서지 못한 아이는 어디론가 사라져 버리고 엄

마 곁으로 돌아오지 않았다. 엄마는 다시,

"아오옹, 아오옹."

울며 아이를 찾았지만, 아이는 엄마 곁으로 돌아오지 않았다. 엄마는 바닥에 코를 갖다 대고 킁킁거리며 아이의 냄새를 쫓았다. 바닥에는 아이의 체취가 아직 남아 있었다. 엄마는 받침돌에 코를 박고 한참을 냄새를 맡으며 아이의 흔적을 찾아 맴돌았다. 아이의 냄새는 받침돌을 지나 허공으로 이어지고 있었다. 그리고 아이의 냄새는 허공을 따라 풀로 덮인 낡은 나무가 쌓인 곳까지 이어졌다. 엄마는 코를 킁킁대며 낡은 나무가 쌓인 곳까지 갔다. 나무가 쌓인 틈새로 아이의 냄새가 났다. 아이는 나무 틈에 끼여 등만 보인 채 누워 있었다. 엄마는 아이를 꺼내려 머리를 뻗어 이빨로 아이의 등을 물었다. 엄마는 아이를 이빨로 꽉 물었는데도 나무에 걸린 아이를 빼낼 수 없었다. 다시 앞발을 뻗어 발톱을 세우고 아이의 등을 잡으려고 했지만, 아이는 더 깊은 곳으로 들어가 버렸다. 엄마는 아이의 등에 닿은 앞발을 핥았다. 그것엔 아이의 털과 아이의 냄새가 있었다. 엄마는 다시 대나무밭으로 왔다. 깊게 판 곳으로 가서 아이의 존재였던 털과 냄새를 그곳에 묻었다. 엄마는 그곳에 앉아 앞발을 오랫동안 핥았다. 대나무는 서로의 등을 쳐 잎을 떨어뜨렸다. 초록색 이파리 하나가 아이의 냄새가 묻은 곳으로 떨어졌다.

117

엄마는 자리를 떴다.

　놀던 아이들은 그늘을 찾아 누워 있었다. 엄마는 아이들 곁으로 돌아왔다. 누구는 엄마의 등을 베고 누웠고, 누구는 엄마의 젖을 입에 물었다. 엄마는 존재하는 아이를 보며 부재한 아이를 떠올렸다. 엄마는 지금 아이들과 함께 존재하고 있었다. 그래서 아이의 부재가 더욱 가슴 아팠다.

　엄마는 그다음 날도 받침돌에 솟은 돌기둥 쪽으로 갔다.

　"아오옹, 아오옹."

　엄마가 아이와 이어 주던 신호를 보내도, 아이는 엄마 곁으로 돌아오지 않았다. 그때부터 엄마에게 기다림은 슬픔이었다. 엄마 곁으로 돌아올 수 없는, 그래서 바람이 부르는 소리도 들을 수 없는, 풀들이 뽑아내는 연하고 짙은 초록색을 이제 함께 볼 수도 없는, 아이를 기다리는 것이 엄마에게는 슬픔이었다. 바람은 늘 불어왔고, 풀들은 늘 자랐다. 엄마는 부재하는 아이를 기다렸다. 그리고 슬펐다.

　엄마는 남은 아이를 지키며 우리를 가졌다. 태양이 뜨거워져 날을 데우기 시작한 어느 날이었다. 얼마 지나지 않아 엄마는 남은 아이를 떠나왔다. 엄마가 떠난 후, 받침돌 위에서 낡은 나무가 쌓인 곳까지 오가며 놀던 아이들은 사냥 놀이가 더는 즐겁지 않았다. 거대 고양이를 피하고, 자신들보다 빠른 물체를 피하느라 사냥 놀이를 더는 할 수가 없었다. 아이들은 어떤 날은 삶과 가까이하며 살았고, 어떤 날은 죽음과 가까이하며 살았다.

  엄마는 더위 틈으로 조금씩 서늘한 바람이 불어오는 시간에 우리를 낳았다. 우리를 낳은 건 폽고, 어두컴컴한 낡은 창고 안이었다. 어둠이 우리를 숨겨 주었고, 끊긴 거대 고양이의 발길이 우리를 안전하게 했다. 그곳에서 엄마는 우리를 낳고, 길렀다. 엄마는 언제부턴가 우리를 창고 지붕 위로 데리고 갔다. 시간과 바람이 흘러들어 구멍이 뚫린 창고 지붕 위는 울퉁불퉁했다. 우리는 울퉁불퉁한 지붕에 몸을 맞춰 누워 엄마의 젖을 물었다. 엄마는 바람이 불어와 나무를 흔들 때마다 우리를 꼭 안았다. 온도가 빠져나가지 않게 우리를 꼭 안았다. 그러고는 눈을 핥고, 코를 핥고, 몸을 핥으며 우리가 고양이가 되도록 만들었다. 우리는 눈을 뜨고, 귀를 세워 엄마를 바라보았다. 엄마 목의 하얀 털은 바람에 가느다랗게 날렸고, 몸은 노란색 털로 덮였고, 입 주위에도 눈 위에도 다리에도 기다랗게 뻗은 수염이 바람에 나부꼈다. 엄마는 누군가에게 고양이라 불리고 있었다. 나도 엄마를 닮아 고양이로 태어났다.

○

10월 6일. 일요일이라 나는 느긋하게 누워 있었다. 10월은 포스트시즌의 계절이다. 오전에는 메이저리그 경기를 시청하고, 저녁에는 우리나라 프로야구를 시청할 수 있어 나는 며칠 전부터 들떠 있었다. 오늘은 휴스턴과 탬파베이의 경기가 있는 날이다. 야구 전문가들은 투수력과 타력이 좋은 휴스턴이 당연히 우세할 거라고 예상했다. 하지만 언제나 변수는 있는 법, 나는 최지만이 소속돼 있는 탬파베이를 응원하며 야구 중계를 봤다. 아, 맞다. 아침이고, 휴일인데, 아내가 보이지 않았다. 아내의 행방이 궁금했지만, 나는 이대로 야구 중계를 보는 자유를 즐기며 어떤 소식을 물고 올 아내를 기다렸다. 나는 휴스턴 우세를 점치는 전문가의 예상을 거부한 채 들뜬 마음으로 야구 중계를 봤다. 경기는 아슬아슬하게 진행됐다. 점수를 낼 듯, 실점할 듯 하면서 점수를 내지 못했고, 실점하지 않았다. 그때 아내가 등장했다.

"도경 씨."

"으, 응."

나는 아내의 등장이 반가웠지만, 야구 중계에 정신을 빼앗겨 건성으로 대답했다.

"어, 일어나니 당신 없던데, 어디 다녀왔어?"

"응. 앞집에."

'역시나.'라고 생각하면서, 나는 물었다.

"일요일인데? 아침인데?"

"어제 커피 마시자고 톡 보냈더니 오늘 시간 괜찮다고 해서 다녀왔지. 오늘 신랑이 애들 데리고 낚시 간다고 해서, 아침 일찍 먹고 커피 마시러 갔다 왔어."

"내가 정말 푹 잤나 보네. 당신이 일어나고, 밥 먹고, 밖에 나가는 소리를 전혀 듣지 못했어. 그래, 당신이 알고 싶어 한 정보는 얻었어?"

"무슨 정보?"

"당신, 8월에, 아니 그 전에 이 동네에서 일어난 일이 궁금해서 앞집에 간 거 아니었어?"

"도경 씨, 나를 너무 잘 알고 있어. 재미없게."

"당신 말하는 거나 행동하는 거 보면 누구라도 알 수 있을 걸. 나도 8월 이전에 이 동네에서 일어난 일이 궁금하기도 해서 당신이 언제쯤 정보를 얻어 오려나 기다렸지. 연휴라 유민 엄마와 선암 호수공원으로 운동 갈 리도 없을 테고, 나는 연휴 끝나고 나서야 8월 이전에 이 동네에서 생긴 일을 알 수 있으려나 생각했어."

"이 동네, 아니 우리 동네에서 고양이들에게 사료 주는 분들이 제법 많은가 봐. 우리 집에서 좀 떨어진 곳의 공장에서도, 그리고 산 아래 사시는 할머니께서도 사료를 주나 봐, 그리고 우리 뒷집, 그러니까 우리 집 뒤의 대나무밭을 지나면 집이 한 채 나오는데 그곳에 할머니와 사는 딸이 고양이 사료를 줬나 봐. 그런데 그 할머니께서 예전부터 딸에게 고양이 사료 계속 주면 사료 다 갖다 버릴 거라고, 고양이 사료 그만 주라고 했었나 봐. 딸이 오랫동안 고양이 사료를 챙겨 왔는데 고양이들이 집 근처에 똥오줌도 많이 누고, 발정기 온 암놈들이, '메이팅 콜mating call'이라고 하나? 왜 암컷 고양이가 수컷 고양이 유혹할 때 내는 아기 울음소리, 계속 그런 울음소리를 내니까 신경도 거슬렸나 봐. 그리고 산 아래 밭이 있는데 씨앗을 뿌려도 고양이들이 그곳에서 똥오줌을 누고 흙으로 덮는다고, 밭을 다 헤집어 놓으니까 채소가 잘 자라지도 않고 그랬나 봐. 할머니께서 참다못해 딸에게 사료 버린다고 선전포고를 하신 거지. 사료 주는 것 때문에 자주 다투고, 한 번씩 큰 소리가 났었나 봐. 그래서 6월인가 7월쯤부터 딸이 고양이 사료 급식을 중단했다고 하더라고. 유민 엄마하고 얘기하고 집에 오는 길에 대나무밭 옆으로 좁은 길이 있어서 걸어가 봤어. 우리 집과 아주 가까워서 1분도 채 걸리지 않더라고. 대문 밖에는 낡고 해진 사료 봉지가 있는데 그 위에는 커다란 돌이 하나 얹혀 있었어. 봉지의 원래 색이 파란색이었던 것 같던데, 거기에 둔 지 오래됐는지 봉지가 하얗게 변하고 있었어. 시간이 더 흐르면 사료를 담은 봉지라는 것도 알 수 없을 정도였어. 유민 엄마 말처럼 할머니 딸이 사료 급여를 중단한 지 꽤 오래된 것 같아."

"그럼, 고양이들이 두세 달은 사료 없이 온 동네를 떠돌아다니며 먹이를 구하러 다닌 거네. 돌아다니다 넓은 마당이 있고, 집 뒤에는 대나무밭이 있어 시원하고, 몸을 숨기기도 쉬워서 고양이들이 우리 집으로 몰려든 거구나."

"그럴 수도 있고, 고양이들이 예전부터 우리 집에서 살았는데 우리의 무관심으로 몰랐을 수도 있지. 그런데 영역 동물인 고양이가 다른 곳으로 가 종량제 봉투 물고 오는 동안 별일 없었을까? 다른 고양이들에게 공격도 많이 받았을 텐데, 무거운 종량제 봉투를 어떻게 그 먼 곳에서 여기까지 물고 왔을까?"

"그런데 우리 동네에 고양이 사료 주는 분 많다고 하지 않았나?

고양이들이 그곳에서 사료 먹으면 되는데 왜 종량제 봉투를 우리 마당에 물고 왔을까?"

"도경 씨, 우리 동네에 고양이 사료 주는 분이 많다고 하더라도 영역 동물인 고양이가 그곳으로 가서 사료 먹을 수는 없었을 것 같아. 그래서 종량제 봉투를 물고 어두운 길을 걸어 우리 집까지 온 게 아닐까? 그곳에서 종량제 봉투 헤집으면 그곳에 사는 고양이들에게 공격당할 수도 있고, 숙소 생활하는 사람들이 늦은 시간까지 들락날락한다면 고양이들이 마음 놓고 종량제 봉투를 뜯지도 못했을 것 아니야."

"그건 그렇네."

아내와 나는 잠시 말이 없었다. 고양이의 녹록지 않은 삶이 우리의 마음을 아프게 했다.

긴 연휴는 끝났다. 다음 날 출근을 앞둔 나는 마음이 바빴다. 오전 출근이라 저녁부터 서서히 긴장감이 몰려 왔다. 며칠간 회사와 단절된 삶을 살았던 나는 집과 회사를 이어 줄 어떤 것을 찾아야 했다. 집에서 그곳의 삶으로 넘어갈 수 있는 어떤 빌미라도 있어야 했다. 마음속에 쌓아 둔 두꺼운 층을 무너뜨릴 강력한 어떤 것이 필요했다.

"도경 씨, 도경 씨, 일어나 봐."

"왜?"

아침부터 나를 찾는 아내의 목소리, 언제나 그랬던 것처럼 다급한 목소리다. 분명 아내와 내가 기다리던 그것이 왔나 보다.

"쓰레기가 우리 마당에 도착했어. 우리가 예상했던 대로 일반적인, 살림하는 집에서 나오는 쓰레기는 아닌 것 같아."

"왜?"

"뜯긴 종량제 봉투 안의 내용물을 보니까 작은 포장지에 든 김치, 담배, 제주도에서 흔히 파는 선인장 초콜릿 포장지, 쌈장 용기, 햇반, 기름이 덕지덕지 묻은 구겨진 새마을금고 달력이 있었어. 일반 가정집이라면 햇반보다는 밥을 해서 먹겠지. 급할 때를 제외한다면 말이야. 그리고 캔도 있었어. 탄산음료가 든 캔. 가정집에서는 보통 페트병에 든 1.5리터 탄산음료를 사 먹지 않나? 특히나 아이들이 있는 집에서는. 쌈장도 한 번 먹고 버릴 수 있는 작은 용기에 담겨 있었어. 그리고 김치도 한 번에 다 먹을 수 있는 작은 포장지에 들어 있었어. 일반 가정집에서 김치를 대량으로 구매할 순 있어도, 작은 포장지에 담긴 김치는 잘 사 먹지 않잖아. 그걸 사면 왠지 돈 아깝다는 생각이 들지 않나?"

"당신 이야기 들으니 다행이라는 생각이 들어. 연휴 때 우리가 갔던 에스에이치케미컬인가, 그 먼 곳까지 고양이들이 가서 종량제 봉투를 물고 오지는 않은 것 같네."

"도경 씨, 고양이들 아직도 굶고 있나 봐. 하긴 우리 뒷집에서 다시 사료를 주지 않는 이상 아직도 굶고 있는 것은 당연한 일이겠지. 도경 씨, 우리 고양이 사료 줄까?"

나의 아내는 며칠간 회사와 단절된 삶을 살던 내게, 회사와 연결할 수 있는 강력한 무언가를 찾아내 내게 내밀었다. 고양이들의 삶이 우리 앞에 서서히 다가왔다. 나도 언제부턴가 마음의 준비를 하고 있었던 일이었나 보다. 아내의 제안을 이렇게 편하게 받아들이는 것을 보면 말이다. 이제 고양이 삶을 보살펴야만 하는 책임감이 나를 회사로 가게 했다. 나는 집에서 회사로 연결된 길을 따라 출근했고, 아내는 급하게 스마트폰을 꺼내 며칠 후 우리 집에 배송될 무언가를 주문했다.

오후에 퇴근했다. 오늘은 아내와 함께 선암호수공원을 걷기로 했다. 분명 아내는 오전에 앞집의 유민 엄마와 선암호수공원을 걷고 왔을 것이다. 그런데도 아내는 나와 함께 선암호수공원을 걷고 싶다고 했다. 집에 도착하니 아내는 선암호수공원으로 갈 모든 채비를 해 놓았다. 내가 바꿔 입고 갈 운동복까지 소파에 펼쳐 놓았다. 선암호수공원에 도착한 우리는 호수를 따라 난 길을 걸었다. 주중이고, 오후 시간이라 그런지 사람들이 많지는 않았다. 바람이 불어왔다. 계절이 계절인지라 바람이 제법 서늘했다. 저수지의 잔물결이 바람을 타고 끊임없이 밀려왔다. 10분쯤 걸으니 꽃이 심겨 있는 넓은 화단이 나왔다. 그 옆의 호수 가장자리에는 데크로 만든 길이 설치돼 있었다. 사람들은 그 길을 따라 걸었다. 아내는 자연스럽게 화단으로 걸어갔다. 그곳에는 몇몇 사람들이 의자에 앉아 있었다. 그리고 두 마리의 고양이가 누워 사람들에게 배를 보이며 뒹굴뒹굴했다. 아내는 당연하다는 듯이 그곳으로 걸어갔다. 그리고는 또 자연스럽게 그분들에게 말을 걸었다.

"안녕하세요? 고양이 사료 주시나 봐요?"

"네."

"매일 오시나 봐요?"

"아니요. 이 근처에 살지 않아서 매일 오지는 못해요. 저는 장생포에 살아서 그렇게 자주는 오질 못하고 목요일에만 와요. 여기 이 친구와 목요일마다 여기에서 만나서 도시락도 먹고, 고양이 간식도 주고 그래요."

"아, 그렇구나. 대단하시네요. 먼 곳에서 고양이 간식 주러 이곳까지 오시다니…."

"아니에요. 여기 매일 오는 사람도 많아요. 오전에는 대학생인 듯한 여학생도 오고, 오후에는 어떤 아저씨 한 분도 여기로 와서 고양이들에게 사료를 챙겨 주시기도 해요. 저도 이곳에서 그분을 우연히 만나서 알게 되었어요."

"아, 오전에 오는 여학생은 저도 만난 적이 있어요. 고양이들이 어찌나 학생을 잘 따르던지…. 한번은 그 여학생이 고양이들에게 심장사상충 약까지 발라 주더라고요. 다들 좋은 일 하시네요."

삼색의 털을 가진 고양이는 고양이 간식을 챙겨 오지 않은 내게로 와서 몸을 비볐다. 털을 만지니 부드러웠다. 아내는 고양이 털을 쓰다듬었고, 나는 의자에 앉아 주위를 둘러보았다. 호수 옆에는 커다란 버드나무가 있었고, 화단 가운데에는 일렬로 선 관목과 억새가 있었다. 그리고 관목 사이에는 벌써 고양이의 겨울 집이 마련돼 있었다. 천고마비의 계절, 가을. 계절을 타는 사람들은 고양이들도 살찌우고 있었다. 서늘한 바람과 따뜻한 온기가 그곳에 함께했다. 아내와 나는 그곳을 벗어나 다시 길을 걸었다. 선암호수공원 곳곳에 고양이 급식소가 있었다. 그리고 현수막도 내걸려 있었다.

'길고양이 학대는 범죄행위입니다.'

엄마는 우리가 젖을 물려고 하면 뒷다리에 힘을 주어 우리를 밀어냈다. 나는 가늘게 야오옹, 울었다. 하지만 엄마는 우리에게 자리를 내주지 않고, 계속해서 우리를 밀어내기만 했다. 나는 풀이 죽어 엄마 곁을 맴돌다, 엄마가 뭔가에 정신을 팔고 있을 때 잽싸게 엄마 곁으로 다가가 엄마 젖을 물었다. 바닥에 누운 엄마는 우리에게 젖을 맡긴 채 내가 보지 못하는 먼 곳을 뚫어지게 쳐다보았다. 초록색이었던 잎이 어느 순간 누렇게 변해버렸다. 뾰족한 잎을 누그러뜨린 채 고개 숙인 풀을 넘어서, 현재를 거슬러 예전의 어떤 시간을 넘어서 엄마는 먼 곳을 바라보았다. 나는 먼 곳을 바라보는 엄마를 볼 때면 불안했다. 엄마가 이곳에 나와 함께하고 있지 않은 것 같아 입에 힘을 모으고 엄마 젖을 힘껏 빨았다. 그러면 먼 시간을 넘는 엄마의 생각이 내 곁에 돌아올 수 있을 것 같았다. 하지만 시간이 흐를수록 엄마가 먼 곳을 응시하는 시간이 많아졌고, 우리를 밀어내는 뒷다리의 힘은 더욱 강해졌다. 나는 그럴수록 엄마 젖이 그리워졌다. 엄마 안에 머물던 체온이 더욱 그리워졌다. 엄마에게 틈이 생길 때마다 오빠와 나는 엄마 젖으로 달려들었다. 쭉쭉 빨아도 가느다랗게 나오는 엄마 젖은 예전만큼 뜨겁지 않았다. 엄마와 우리는 조금씩 멀어졌다.

날씨는 점점 추워졌다. 밤의 시간이 낮의 시간보다 아주 길어졌다. 낮의 시간이 밤의 시간으로 말려들어 갈수록 우리가 서로에게 몸을 밀착시키는 강도는 세졌다. 차가운 바람이 우리를 치고 가는 날이 많아질수록 우리는 몸의 면적을 넓혀, 서로에게 몸을 붙여 비비는 날도 많아졌다.

엄마는 어디선가 드르륵 하는 소리에 일어섰다. 나도 엄마를 따라 뛰어갔다. 엄마는 소리가 멈춘 곳에 서서 코를 킁킁거렸다. 나도 엄마를 따라 그곳에 멈춰 서서 코를 킁킁거렸다. 하지만 그곳에는 소리만 있을 뿐, 입으로 가져갈 수 있는 것은 없었다. 냄새만 있을 뿐이었다. 엄마는 다시 돌아서 창고 위, 대나무 아래 우리의 집으로 돌아가려고 했다. 나는 엄마가 가려는 곳의 반대의 길, 수평의 공간으로 걸어갔다. 갑자기 누군가 목덜미를 물었다. 엄마였다. 엄마가 내 목덜미를 물고 나를 집 쪽으로 끌고 갔다. 나는 목이 아파 깨이잉, 소리 지르며 몸을 비틀어 엄마의 입에서 벗어났다. 엄마는 으르렁거리고 나를 노려보며 집으로 돌아가자고 다그쳤다. 나는 그래도 엄마가 좋아 꼬리를 치켜세우고 앞발을 들어 엄마의 얼굴을 톡톡 더듬었다. 엄마는 화가 누그러졌는지 나를 데리고 집으로 걸어서 갔다. 집으로 돌아온 엄마는 다리를 모으고 앉았고, 나는 엄마 등에 기대 엄마 몸에서 들려오는 심장의 뜀박질 소리를 들으며 눈을 감았다. 내 몸 한쪽은 따뜻하고, 한쪽은 차가웠다. 나는 엄마 몸에 몸을 붙여 비볐다. 엄마의 털과 내 털이 누웠다 일어서기를 반복하며 조금씩 따뜻해졌다. 잠이 내 몸으로 들어왔다 나가기를 반복할 무렵이었다. 어디선가 척, 탁, 소리가 들렸다. 엄마는 그 소리에 부리나케 뛰어나갔다. 나도 언제나처럼 엄마를 따라 뛰어갔다. 집과 담 사이의 작은 길을 지나, 어느 집 벽에 붙어 있는 하얗고 네모난 고철 덩어리 틈에 나는 몸을 숨겼다. 그러고는 수평의 공간으로 뛰어가다 멈추는 엄마를 지켜보았다. 엄마는 뛰어가던 걸음을 멈추고 하아악 하아악, 끊어질 듯 짧은 소리를 연달아 내뱉었다. 엄마는 무서움을 쫓아내듯 소리를 높였다. 엄마는 무언가에 다가가려고 하다 다시 뒷걸음쳤다. 짧게

끊어지듯 소리를 높였다. 입을 크게 벌리고, 귀를 뒤로 젖혀 하아악 소리를 질렀다. 엄마 몸에 어두운 긴 그림자가 덮였다. 나는 어둡고 긴 그림자가 무섭기도 했지만, 궁금하기도 해서 고철 덩어리 밖으로 살짝 몸을 뺐다. 나는 그림자의 정체를 확인하려고 처음엔 좀 멀리서 지켜보다 조금씩 앞으로 다가갔다. 그러고는 머리를 들어 높은 곳을 쳐다봤다. 하지만 그림자가 너무 두껍고 길어서 이내 두려워졌다. 다시 고철 덩어리로 돌아와 몸을 숨겼다. 나는 고철 덩어리에 몸을 꼭 붙이고 머리만 내밀어 그림자를 쫓았다. 그런데 엄마로 향하던 그림자가 이내 방향을 돌려 내가 있는 쪽으로 오기 시작했다. 엄마는 내 쪽으로 빨리 뛰어왔다. 그러다 긴 그림자에 막혀 더는 내 곁으로 다가오지 못했다. 엄마는 하아악 하아악, 연달아 소리만 질렀다. 엄마는 무서움을 느끼며 하아악 소리로 공포를 내쫓았다. 나는 긴 그림자를 피해 대나무 그늘이 짙어진 곳으로 냅다 뛰었다. 정체를 알 수 없는 그림자도 알아들을 수 없는 소리를 지르며 나를 쫓아왔다. 나는 앞발을 최대한 멀리 뻗고, 다시 뒷발을 굽혔다 펴서 몸을 앞으로 밀어냈다. 그림자는 계속해서 어떤 소리를 내며, 툭툭 무거운 발로 땅을 짚으며 나를 따라왔다. 어느 순간 나는 낯선 품에 안겼다. 거대 고양이였다. 엄마는 땅에 네 발을 붙인 채, 불안한 눈동자로 높은 곳에 매달린 나를 바라보았다.

나는 긴 그림자의 거대 고양이에게 안겨 네 발을 바둥거리며, 나를 바라보고 있는 엄마를 불렀다.

"야오옹."

언제부턴가 고철 덩어리 옆에, 긴 그림자의 거대 고양이가 나를 인은 그 자리에 무언가가 놓였다. 그것은 고소하기도 하고, 구수하기도 한 어떤 것이었다. 엄마는 그것을 "사료"라고 했다. 그리고 그 옆에는 파란 하늘이 담기기도, 회색 구름이 내려앉기도 하는 물도 나란히 놓였다. 이제 엄마는 새벽에 밖으로 나가지 않아도 되어서 오랫동안 우리와 함께 머물 수 있었다. 어제를 밀어내고 오늘을 맞을 준비하는, 그런 결별의 시간에 엄마와 우리는 함께할 수 있었다. 엄마와 우리는 몸을 붙여 오랫동안 서로의 냄새를 맡고 핥았다.

푸르스름한 새벽이 끝나고 하얀색 아침이 올 무렵, 엄마는 우리를 수평의 공간으로 데려갔다. 이제는 누렇게 변한 풀의 촉감을 우리에게 느끼게 했다. 엄마가 앞에서 걸어가면 오빠들과 나는 엄마를 따라 걷고, 엄마가 뛰어가면 우리도 엄마를 따라 뒤뚱거리며 뛰었다. 풀은 발바닥에 닿아도 따갑지 않고 부드러웠다. 나는 그 감촉이 좋아서 일어서 누운 풀을 밟고, 바라보고, 다시 밟고, 다시 바라봤다. 내가 풀을 바라보고 있을 때 엄마는 어느 순간 담에 올라 담 위를 걸었다. 담 위를 느긋하게 걸는 엄마는 먹이를 찾을 때처럼 용맹하지 않았다. 엄마도 이제 관대한 느긋함을 즐길 줄 알았다. 담 위를 느긋하게 거니는 엄마가 부러워 나는 담으로 달려갔다. 앞발을 먼저 구르고, 뒷발을 굽혀 폴짝 뛰었다. 내 발은 담 위에 닿지 못하고, 발을 구르던 곳에 그대로 맴돌 뿐이었다. 담 위에 서서 느긋하게 아래를 바라보는 여유를 담 아래 있는 내가 느낄 수는 없었다. 언제 왔는지 엄마는 담에서 내려와 내 옆에 섰다.

"엄마, 나도 저 높은 담 위로 올라가고 싶어."

"네가 자라면 너도 담 위로 올라갈 수 있어. 그리고 좀 더 간절한 마음이 있어야 담 위에 도달할 수 있단다."

"간절한 마음?"

"네가 딛고 선 곳이 아닌 더 높은 곳을 오르고 싶다는 마음, 네가 딛고 선 곳을 기꺼이 포기할 수 있다는 마음, 그런 마음을 간절함이라고 하는 거야. 그리고 아무리 간절함이 크다고 하더라도 적당한 때를 만나지 않으면 우리의 소망은 이루어질 수 없단다. 시간이 우리 몸으로 스며들어 온전히 우리 것이 될 때, 네가 뛰기를 멈추지 않을 때 너는 저 담 위에 도달할 수 있게 된단다. 엄마도 그랬어. 뛰어오르기를 몇 번씩, 실패하기를 몇 번씩, 그리고 때를 기다리는 데도 많은 시간을 보냈단다. 너도 할 수 있어. 너에게 때가 오지 않을 것이라는 막연한 두려움을 참아 낸다면 말이야."

 나는 엄마가 말하는 여기를 포기하고 저기에 도달하고 싶다는 간절한 마음이 도대체 무슨 말인지 알 수 없었다. 시간이 우리 몸에 스며들어 우리 자신이 될 때를 기다려야 한다는 말도 나에게는 아주 먼 이야기처럼 들렸다. 높은 나무에 앉은 새들의 지저귐같이, 아주 먼 이야기. 나에게는 기회가 오지 않을 것만 같은, 그렇게 먼 이야기처럼. 내가 알 수 있는 것이라곤 내가 엄마와 새벽에서 아침으로 넘어가는 시간에 함께 있다는 것밖에는 없었다. 어떤 단어를 내 마음에 저장할 수 있는 것도 그냥 되는 게 아닌가 보다. 엄마가 말한 간절함이란 단어를 지금은 내 마음에 넣을 수가 없었다.

 나는 한 번씩 엄마의 품을 벗어나 거대한 그림자 속으로 들어가서 엄마보다 큰 고양이에게 안겼다. 그 품은 가끔 따뜻하게 느껴졌다. 거대 고양이도 나를,

 "순이야."

 하고 불렀다. 기분 좋은 이름이었다. 나는 언제부턴가 두려움을 조금씩 떨쳐 내고 나를 부르는 소리가 시작되는 곳, 그림자가 시작되는 곳으로 꼬리를 세우며 먼저 다가갔다. 그러곤 나는 이제 낯설지 않은 거대 고양이 품에 안겼다. 엄마는 저 멀리 떨어진 곳에서 나를 바라보았다. 나는 거대 고양이 품에 안긴 채,

나를 바라보는 엄마를 보았다. 엄마의 눈동자는 뚫어지게, 그러다 한 번씩 흔들리며 나를 바라보았다. 길게 뻗은 그림자에 두려움을 느끼며 엄마는 내게 다가올 듯 하다 물러서곤, 다시 다가와 하아악 울며 뒤로 물러섰다.

o

아내는 이제 쓰레기를 기다리지 않았다. 아내가 쓰레기에 관심을 잃었다고 해서 호기심을 잃은 건 아니었다. 아내가 고양이 사료를 사면서부터 쓰레기는 더는 우리 마당에 찾아오지 않았다. 대신 고양이들이 아내의 공식적인 환대 속에 우리 집을 자유롭게 드나들며 밥을 먹으러 왔다. 이로써 우리 집 마당의 쓰레기 사건은 일단락되었다.

11월 중순인데 날씨가 제법 쌀쌀했다. 아내가 안아 든 새끼 고양이 눈이 쾡하니 쑥 들어갔고, 눈물이 코 옆을 타고 흘러내렸다.

"도경 씨, 애네들 밖에서 지내나 봐?"

"길고양이들이니 당연히 밖에서 지내지."

"그런 말이 아니고, 몸을 따뜻하게 숨길 만한 곳이 없나 봐. 새끼 고양이 상태가 안 좋아 보여. 어미는 괜찮아 보이는데 새끼 고양이는 눈이 퀭하네. 눈 주위엔 고름처럼 누런 게 덕지덕지 붙어 있어. 고양이 감긴가? 고양이 감기는 어린 고양이에게는 굉장히 위험하다고 하던데…."

"며칠 후 울산에 비도 많이 온다고 하던데…. 지금도 제법 쌀쌀하잖아."

"도경 씨, 얘네들 밖에서 계속 지내면, 특히나 면역력이 약한 새끼 고양이들이 추운 날씨에 비까지 맞으면 위험할 것 같아."

아내는 말을 끝내자마자 누군가와 통화를 했다.

"마당 고양이 돌보는 '캣 맘'이에요. 통화 괜찮으세요? 얼마 전부터 새끼 고양이 눈이 퀭하고 눈 주위에는 고름 같은 게 덕지덕지 붙어 있어요. 네? 허피스herpes 같다고요? 그럼 어떡해야 하나요? 아, 동물 약국이나 동물 병원에서 약 지어야 한다고요. 집도 필요할 것 같다고요? 네, 네, 고맙습니다."

통화를 끝낸 아내는 스마트폰으로 뭔가를 검색하는가 싶더니 이내 만족스러운 얼굴로 나를 쳐다봤다.

"도경 씨, 조금 전에 통화한 분은 선암호수공원에 가끔 오셔서 고양이 돌보는 분이셔. 선암호수공원에서 한 번씩 뵙기도 하고, 그곳에서 앉아서 가끔 커피도 함께 마시기도 해. 싸고 좋은 고양이 사료나 영양제 같은 정보를 교환하고 있어. 고양이 이야기도 하고. 조금 전에 전화하니 동물 약국에서 약을 지어 먹여야 한다네. 그리고 날씨가 추워지니까 고양이 집을 마련해 줘야 할 것 같대. 그래서 조금 전에 11번가에서 고양이 집 주문했어. 그리고 새끼 고양이가 우리가 주문한 집에 들어오면 그때 상태 보고 약을 지으러 가야 할 것 같아."

"당신 실행력은 알아줘야 해. 이런 빠른 실행력이라면 얼마 지나지 않아 기네스북에도 오를 수 있을 것 같아. 그런데 저번에, 왜 전에, 오후에 우리 함께 선암호수공원 걸었잖아? 그때 만났던 분과 벌써 통화하는 사이가 된 거야?"

"아니, 아니. 그분은 아니셔. 또 다른 분이셔. 이분은 쉼터에서 고양이 돌보시고, 한 번씩 선암호수공원에도 오셔서 고양이들 사료도 챙기시는 분이셔. 그래서 고양이에 대해 아는 게 많아."

"당신, 캣 맘이라는 말도 아주 자연스럽게 나오던데…."

"나, 캣 맘이잖아. 그러니까 자연스럽지. 고양이들은 사료 챙겨주는 사람을 엄마라고 생각한대."

"그렇구나. 그래서 '캣 맘', '캣 대디'라고 하는구나. 그래도 선암호수공원에 사는 고양이들을 챙겨 주시는 분이 많아서 다행이야."

아내가 주문한 고양이 겨울 집은 토요일 오전에 도착했다. 고양이 겨울 집이 도착하자마자 아내는 설명서를 보고 조립하기 시작했다. 내부 박스로 온 스티로폼을 검은색 외부 박스로 감싸니 집이 금세 완성됐다. 그러고는 겨울 집 입구에 고양이가 드나들 수 있는 투명 가림막을 붙였다. 아내는 집이 완성되자마자 밖으로 그것을 가지고 나갔다. 아내는 우리 집 뒤, 대나무밭 사이의 좁은 길에 고양이 겨울 집을 갖다 놓았다. 아내는 고양이가 그곳으로 드나드는 것을 자주 봤다면서, 고양이 집을 주문하면서 함께 주문한 고양이 간식을 집 안에 두고는 고양이가 그곳에 들어가기를 기다리고 있었다.

저녁을 먹은 아내는 스마트폰을 챙겨 밖으로 나갔다.

"깜깜한데 어디 가려고?"

"아니, 고양이 집에 가 보려고…."

밖으로 나간 아내는 이내 집으로 들어왔다. 만족할 만한 소득이 없었는지 표정은 밝지 않았다.

"고양이는 없고, 고양이 집 위에 대나무 이파리 몇 개만 떨어져 있었어."

"고양이는 의심이 많은 동물이라 우리가 생각하는 만큼 빨리 그집으로 들어가지 않을 거야. 나중에 당신 손 탄 새끼 고양이 보이면, 당신이 새끼 고양이를 잡아서 직접 집 안으로 넣어 봐."

새끼 고양이는 종일 보이지 않았고, 시간은 벌써 밤 11시를 넘어가고 있었다. 나는 자려고 누우려는데 아내는 스마트폰을 들고 일어섰다.

"당신, 또 고양이 집 보러 가려고?"

"응."

밖으로 나간 아내는 이내 실망한 얼굴로 방으로 들어왔다.

"집 안에 손 넣어 보니 고양이가 들어온 흔적이 없었어. 고양이 집 괜히 샀나 봐."

"당신 새끼 고양이 자주 만나잖아. 내일은 고양이 만날 수 있겠지. 조금만 더 기다려 봐."

아침부터 날씨가 흐렸다. 검은 구름이 낮게 깔렸다. 비가 제법 많이 내릴 것 같았다. 아내는 내가 일어나기도 전에 어제 놓아둔 고양이 집에 다녀온 것 같았다. 아내는 어젯밤 잠들기 전부터 오늘 아침까지 기분이 안 좋아 보였다. 고양이는 아내의 기대에 부응하지 못하고 있었다. 시골의 마당 잔디밭에서 쓰레기로, 다시 고양이로 옮겨 간 아내의 호기심은 중대한 기로에 서 있었다.

비는 점심때부터 내렸다. 아내는 비가 시작되자마자 사료와 물을 담은 그릇을 비가 들지 않는 곳에 옮겨 두고는 수시로 창문을 열어 밖을 확인했다. 갑자기 아내가 밖으로 뛰쳐나갔다. 나는 무슨 일인가 해서 아내가 서 있던 창문으로 갔다. 아내의 품에는 새끼 고양이 한 마리가 안겨 있었다.

"도경 씨, 얘 눈 좀 봐 봐. 눈곱 때문에 눈을 뜨지 못하고 있어.

코도 막힌 것 같아. 도경 씨, 빨리 물티슈, 물티슈 따뜻한 물로 좀 적셔서 갖다줘."

나는 아내가 시키는 대로 따뜻한 물로 물티슈를 씻어서 아내에게 건넸다. 아내는 물티슈로 새끼 고양이 눈과 코를 닦았다. 고양이는 아내의 손길이 어색한지 네 발을 버둥거렸지만, 불편했던 코와 눈이 편해졌는지 이내 가만히 있었다. 아내는 안고 있던 새끼 고양이를 고양이 겨울 집에 넣어 주었다. 아내는 어느새 고양이 집을 창문 옆, 우리 집 처마 밑으로 옮겨 두었다. 아내의 바쁜 움직임에 따라가던 나는 뭔가 이상한 느낌이 들어 옆으로 눈길을 돌렸다. 나는 고양이 집이 있는 곳에서 1미터 정도 떨어진 곳에 앉아 있는 고양이 한 마리를 발견했다. 어미 고양이였다. 어미 고양이는 아까부터 계속 앉아 있었던 것 같았다. 털은 비에 젖어 서로 엉켜 있었다. 어미 고양이는 눈이 닦이고, 코가 닦이는 새끼를 계속 바라보고 있었나 보다.

"주영아, 저기, 당신 뒤에, 큰 고양이 한 마리가 있네. 어미 고양이인 것 같아. 당신을 계속 쳐다보고 있어."

내 말을 들은 아내는 이내 뒤에 있는 어미 고양이 쪽으로 고개를 돌렸다.

"이리 와. 이리 와."

아내는 앉은 채 어미 고양이 쪽으로 한 걸음씩 다가갔다.

142

"하악."

어미 고양이는 소리를 지르며 뒤로 물러섰다. 아내는 고양이에게 다가가는 걸음을 멈추었다.

"오늘은 네 새끼 여기 좀 재우자. 그래야지 살아. 알았지?"

이네는 이미 고양이기 알아든지 못할 독백을 했다. 이미 고양이는 새끼 고양이가 들어가 있는 집에 시선을 고정한 채 비를 맞으며 앉아 있었다. 아내도 어미 고양이처럼 옷이 비에 젖어 옷 색이 진해졌다. 날씨가 제법 쌀쌀했다.

"주영아, 네가 집 안으로 들어와야 할 것 같아. 당신이 거기에 있으면 어미 고양이는 계속 비 맞으며 새끼 고양이를 지키고 서 있을 것 같아."

아내는 새끼 고양이가 들어가 있는 집 안을 한번 보고는 우리 집으로 들어왔다. 아내는 한 시간도 안 돼서 창문을 열었다.

"어미 고양이, 집 안으로 들어갔어?"

"아니. 잘 모르겠어. 여기서는 어미 고양이가 집 안으로 들어갔는지 보이지 않아. 나가서 봐야겠다."

아내는 집 밖으로 나갔다. 나는 벽에 기대 고양이 집으로 조심스럽게 다가가는 아내를 바라봤다. 집 안에 어미 고양이는 없었다. 시무룩한 아내의 표정이 그것을 말하고 있었다.

"고양이, 없지?"

"응. 다행히 새끼 고양이는 누워서 자고 있어. 그런데 어미 고양이는 없네."

아내는 조금 전처럼 조심스럽게 걸으며 집으로 걸어왔다.

"어미 고양이 어디 갔나? 모성애 같은 게 고양이에게는 없나? 어미 고양이는 왜 안 보이지?"

"당신이 새끼 고양이 안고 눈 닦아 줄 때는 어미 고양이가 계속 지켜보고 있었어. 모성애가 없진 않을 거야. 조금 전에 비를 많이 맞아서 어딘가에 가서 좀 쉬고 있겠지. 뻔히 우리가 지켜보고 있는 걸 다 아는데 새끼 고양이가 있는 곳에서는 편안하게 쉴 수 없겠지."

내 말이 채 끝나기도 전에 아내는 다시 밖으로 나가려고 했다.

"또 고양이 집으로 가게?"

"아니, 집 뒤쪽 좀 둘러보게."

잠시 후 아내는 밝은 얼굴로 돌아왔다. 어미 고양이 소재를 파악했나 보다.

"어미 고양이, 새끼 고양이가 있는 집으로 들어왔어?"

"그건 아니야. 그런데 도경 씨, 도경 씨."

"응. 왜?"

"있잖아. 새끼 고양이가 한 마리만 있는 게 아니었어. 세 마리야. 대나무밭 옆 구석진 곳에 조그만 창고 같은 게 하나 있었어. 창고를 지은 지 꽤 오래됐나 봐. 나무로 만든 창고는 군데군데 구멍이 뚫려 있었어. 문은 반쯤 부러져 있고. 예전에 사시던 분이 농기구 같은 걸 넣어 두는 곳으로 사용했나 봐. 그곳에 새끼 고양이 두 마리와 어미 고양이가 있었어."

"창고가 있었다고? 나도 집 뒤로 몇 번 온 기 봤었는데 창고 같은 건 없었던 것 같은데…."

"창고가 구석진 곳에 있고, 크기도 그다지 크지 않아서 신경 써서 보지 않으면 보이지가 않아. 그리고 대나무 때문에 그늘이 져서 창고의 위치를 알고 있는 사람만이 찾을 수 있을 것 같았어."

"당신이 창고에 가니 어미 고양이는 가만히 있었어? 도망가지 않았어?"

"내가 그곳으로 가니까 비가 와서 그런지 도망은 가지 않고, 어미 고양이가 하악거리기만 했어."

"그나저나 어미 고양이 바빴겠다. 고양이 집에 누워 있는 새끼 챙겨야지, 창고 안에 있는 새끼들도 챙겨야지. 모성애 없는 게 아니라, 오히려 대단한 모성애를 가진 것 같아."

"어미 고양이가 새끼들 물고 고양이 집으로 오면 덜 힘들 텐데…."

나는 또 밖으로 나가는 아내를 따라나섰다. 나는 새끼 고양이 한 마리가 있는 고양이 집 앞으로 갔다. 새끼 고양이가 누워 있을 뿐, 어미 고양이는 보이지 않았다. 잠들었는지 새끼 고양이의 배가 규칙적으로 볼록거렸다. 바깥 기온과 안의 기온 차이 때문인지 투명 가림막도 뿌옇게 흐려져 있었다. 편안하게 잠든 새끼 고양이를 바라보니 가슴 어느 한쪽이 따뜻해졌다. 그런 것이 어떤 감정인지는 모르겠지만, 어쨌든 좋았다. 세상에서 가장 여린 존재를 위해 내 품을 내준 느낌이랄까. 뭐 어쨌든 좋은 것만은 틀림없었다. 여전히 어미 고양이는 보이지 않아 나는 대나무밭 구석진 곳에 있는 창고 쪽으로 고개를 돌렸다. 가만히 보니 창고 안에 있다던 어미 고양이가 창고 지붕 위에 앉아 있었다. 새끼 고양이는 우리가 만든 집에서 잠을 자고, 어미 고양이는 창고 지붕 위에 앉아 누운 새끼를 품은 고양이 집을 바라보고, 우리는 고양이 집에서 조금 떨어진 곳에서 새끼 고양이와 어미 고양이를 바라봤다. 우리는 고양이 집과 더 멀리 떨어진 곳으로 갔다. 그러고는 잠깐 고개를 돌렸는데 어느새 어미 고양이가 새끼 고양이가 누운 집으로 다가왔다. 어미 고양이는 검은 박스 테두리에 코를 갖다 대고 킁킁거리며 냄새를 맡았다. 그러고는 집 안으로 머리를 들이밀어 자는 새끼를 한번 보는가 싶더니 이내 몸을 빼냈다. 어미 고양이는 집 옆에 한참을 앉아서 새끼를 지키고 있었다. 아내는 혼잣말처럼,

"새끼들 다 데리고 오지."

하고 중얼거렸다. 어미 고양이는 그곳에 그대로 앉아 있었다.

새끼 고양이의 상태가 좋지 않았다. 새끼 고양이 눈에는 누런 눈곱이 덕지덕지 붙어 있었다. 날마다 아내가 따뜻한 물티슈로 닦아 주었는데도 눈곱으로 덮여 새끼 고양이의 눈은 붙어 있었다. 이제 간간이 재채기까지 했다. 우리는 스마트폰으로 우리 집과 가까운 동물 약국을 검색했다. 그곳은 우리 집에서 10분 거리에 있었다.

차를 운전해 약국에 도착했다. 나는 동물 약국이라고 해서 동물 약만 전문으로 취급하는 곳인 줄 알았다. 동물 약국은 사람의 약을 취급하는 곳에서 동물 약을 추가로 취급하는 곳이었다. 약국에는 손님이 없었다. 우리는 고양이 몸무게와 증상을 이야기하고, 약이 지어지길 기다렸다. 그때 두 명의 손님이 거의 동시에 약국으로 들어왔다. 약사는 당연하다는 듯이 우리 다음에 온 손님의 약을 먼저 지었다. 이상했다. 동물 약이어서 그런가? 세상이 사람 중심으로 돌아가는 판국이라 약 또한 동물이 사람보다 우선일 수는 없는가? 아내는 화가 난 것 같아 보였다. 나는 아내의 눈치를 보며 어색하게 서 있었다. 아내가 약사에게 무언가를 이야기하려는 것처럼 보여 나는 아내의 팔을 붙잡았다. 아내는 화를 누르며 주사기를 하나 사서 집으로 왔다. 고양이 상태는 여전히 좋지 않았다. 나는 고양이 몸을 잡아서 입을 벌리고, 아내는 바늘을 뗀 주사기로 새끼 고양이의 벌린 입에 약을 밀어 넣었다. 새끼 고양이는 캑캑거리며 약 일부를 뱉어 내고 괴로워했다. 아내는 그런 고양이의 등을

147

쓰다듬으며,

"아이고 잘했다. 아이고 잘했어."

아이 달래듯 말했다. 나도 아내의 어깨를 쓰다듬으며

"주영이도 잘하네. 잘해. 순이도 잘하고. 수고했어."

아내와 새끼 고양이를 응원해 주었다. 우리만 보면 늘 하악거리던 어미 고양이 '하이'는 새끼의 입을 벌려 약을 집어넣는 우리를 물끄러미 처다보고 있었다.

　오늘은 아침의 시간부터 비가 내렸다. 아침부터 구수한 냄새
가 우리가 있는 창고 안쪽으로 풍겨 왔다. 나는 그 냄새에 이끌
려 먹이가 있는 곳으로 왔다. 오늘은 이곳까지 오기가 힘들었다.
엄마가 혀로 얼굴을 핥아 주는데도 눈에는 뭔가 잔뜩 끼어 세
상이 뿌옇게 보였다. 컹컹거리며 코에 붙은 코딱지를 떼어 내려
고 해도 쉽게 떼어지지 않아 숨쉬기가 힘들었다. 그래서 나는
지붕 아래의 창고에서부터 발을 헛디디지 않으려고 조심히 걸
어서 내려왔다. 막상 먹이를 보니까 입맛이 없어졌다. 이상하다.
그리고 지붕 아래 창고에 있을 때보다 추위가 더 느껴졌다. 잠
이 왔다. 아무 곳에나 눕고 싶었다. 그때 거대 고양이가 내게로

149

다가왔다. 거대 고양이는 냄새로 내게 먼저 왔다. 뒤이어 이름이 내게로 왔다.

"순이야."

그러면서 나를 품에 안았다. 거대 고양이는 하얀 천 같은 것으로 내 눈과 코를 닦았다. 처음에 나는 겁이 나 버둥거렸지만, 이내 눈이 선명해지고, 코도 뚫리는 것 같아 그냥 거대 고양이에게 몸을 맡겼다.

어제저녁부터 우리가 누운 울퉁불퉁한 지붕 위, 대나무 아래에는 바람이 불어왔다. 태어나서 처음 맞는 매서운 바람이었다. 대나무는 불어오는 바람에 정신없이 이파리를 떨쳐 냈고, 줄기는 바람과 균형을 맞추느라 꿈틀댔다. 우리는 몸을 서로에게 붙였다. 나는 엄마 배에 붙어서, 오빠들은 엄마의 등에 기대어 서로의 호흡에 박자를 맞췄다. 세차게 불어오는 바람은 우리의 호흡을 진정시키지 못했고, 우리 몸을 덮은 털은 바람에 맞서며 나부꼈다. 추웠다. 밤의 시간에 우리는 바람이 덜 드는 곳으로 옮겨 갔다. 우리가 비를 피하던 창고 안으로 가서 몸을 비비며 누웠다. 추웠다. 어느 순간 눈에서는 눈물이 흐르고, 눈물을 따라 눈곱도 조금씩 쌓였다. 조금씩 눈으로 볼 수 있는 세상이 좁아졌고, 코에는 코딱지가 가득해서 냄새 길이 조금씩 막혔다.

오늘 아침의 시간이 되자 나는 흐릿한 눈으로 엄마를 따라 넓은 수평의 공간으로 내려왔다. 그리고 나는 거대 고양이에게 안겨 바람이 들지 않는, 아늑한 곳으로 옮겨졌다. 따뜻했다. 늘 곁에 있던 엄마를 잠시 잊을 만큼 따뜻했다. 눈이 감겼다. 나는 추위를 잊고 더운 잠을 잤다. 눈을 떠 보니 가는 비가 내리고 있었다. 엄마가 옆에 없었다. 나는 깜짝 놀리 내기 누운 곳을 살폈다. 옅은 거대 고양이 냄새의 흔적과 이곳을 데웠던 내 숨의 흔적만 있었다. 엄마의 냄새, 엄마의 냄새는 잠깐 스치듯 옅게 남아 있었다. 나는 집 밖으로 나갔다. 내 호흡도 따라 나왔다. 엄마는 얼마쯤 떨어진 곳에 앉아서 비를 맞으며 나를 바라보고 있었다.

"엄마."

나는 엄마에게로 달려갔다. 나는 엄마가 좋아서 엄마와 함께 비를 맞고 서 있었다. 엄마는 혀로 내 눈과 엉덩이를 핥아 주었다. 엄마의 냄새가 내게로 넘어왔다. 나는 엄마의 냄새를 꼭 안았다. 따뜻했다.

'철커덕, 탁.'

무언가 열리고 닫히는 소리가 들렸다. 엄마는 놀란 듯 움찔했다. 나도 엄마를 따라 움찔했다. 거대 고양이가 어떤 소리를 내며 우리 쪽으로 다가왔다. 거대 고양이의 익숙한 냄새에 나는 그 자리에 계속 서 있었다. 거대 고양이는 손으로 나를 만지며

안았다. 엄마는 얼마쯤 거리를 두고 서서 거대 고양이에게 안긴 나를 바라봤다. 엄마는 여전히 비를 맞았고, 엄마의 털은 비에 젖어 몇 가닥씩 엉켜 있었다. 거대 고양이는 나를 다시 비가 들지 않는, 아늑한 곳으로 옮겨 주었다. 엄마는 내가 누운 집과 얼마쯤 떨어진 곳에 앉아 나를 지켜 주고 있었다. 엄마 냄새는 조금씩 옅어졌다. 엄마 냄새가 사라질 무렵 엄마는 다시 냄새를 가지고 내게로 왔다. 엄마는 깊고 진한 냄새를 풍기며 내가 누운 곳과 거리를 두고 앉아 있었다. 나는 집 안에 누워 엄마의 깊고 진한 냄새를 들숨으로 안았다. 그러면 나는 엄마와 함께 있는 것 같았다. 얼마 후 엄마는 냄새를 남긴 채 어디론가 사라졌다. 내 안으로 들어온 엄마 냄새는, 피가 돌듯 내 몸속을 훑었다. 엄마.

눈을 떠 보니 밖은 환했고, 비는 그쳤다. 아침의 시간이다. 언제나 그렇듯 엄마는 내가 누운 집과 얼마쯤 떨어진 곳에 있었다. 엄마는 비에 젖은 땅을 밟고 서 있었다.

"엄마."

나는 엄마에게 다가가 코를 킁킁거리며 엄마 냄새를 맡았다. 엄마는 내 눈을 핥고, 코를 핥고, 엉덩이를 핥았다. 내 몸은 엄마 냄새로 다시 덮였다. 깊고 진한 엄마 냄새가 내 몸에 얹혔다.

"엄마."

"엄마도 여기로 와. 여기는 비가 들지 않아서 따뜻해. 오빠들 데리고 여기로 와. 엄마 보고 싶단 말이야."

"…"

엄마는 말이 없었다. 엄마는 내 몸에 코를 대어 냄새를 맡고, 네가 누운 집 데두리에도 코를 갖다 데 킁킁기리며 냄새만 맡았다. 엄마는 나를 한번 바라보고는 어느 순간 한 곳으로 눈길을 고정했다. 나는 눈빛이 이리저리 흔들리는 엄마를 지켜보았다.

○

마무리할 일이 많아 오늘은 퇴근이 늦었다. 집에 도착하니 불이 켜진 방만 환했고, 주위는 온통 깜깜했다. 마당에도, 고양이 집에도 온통 어둠이 내려앉았다. 평소대로라면 나는 현관문을 열어 아내 이름을 먼저 불렀을 것이다. 오늘은 웬일인지 그러고 싶지가 않았다. 나는 어미 고양이와 떨어져 혼자 있을 새끼 고양이의 안부가 궁금했다. 나는 새끼 고양이가 있는 곳으로 다가갔다. 시간은 벌써 열 시를 넘었고, 날씨도 쌀쌀해서 더욱 적막하게 느껴졌다. 나는 깜깜한 밤을 뚫고, 발소리를 죽이며 새끼 고양이가 누웠을 고양이 집으로 다가갔다. 혹시나 깊이 잠든 새끼가 깨지는 않을까 싶어 조심스럽게 투명 가림막을 천천히 걷어 올렸다. 그 순간 어떤 물체가 툭 하고 나를 치며 밖으로 튀어나왔다. 까만색이었다. 나는 놀라 엉덩방아를 찧고 말았다. 그리고 다시 또 하나의 물체가 집 밖으로 튀어나왔다. 검은색이 섞인 흰색이었다. 노란색 새끼 고양이만이 누운 몸을 천천히 일으켜 세웠다. 나는 팔을 뻗어 새끼 고양이 머리를 쓰다듬었다. 그곳은 따뜻했다. 밤공기는 찼다.

'새끼들이 왔다.'

나는 몸을 뒤로 빼내 물체가, 아니 새끼 고양이들이 달려간 곳으로 눈길을 돌렸다. 나와 대략 1미터 떨어진 곳, 지정석처럼 어미 고양이가 늘 앉아 있던 곳으로 눈길을 돌렸다. 시선으로 새끼 고양이를 돌보던 어미 고양이가, 다른 새끼 고양이 두 마리와 나란히 앉아 있었다. 졸지에 나는 그들을 쫓아낸 불청객이 되어 버렸다. 이사한 첫날, 그들의 아늑함을 깬 불청객. 엄마의 안심마저 깨 버릴 것 같아 나는 얼른 그곳을 벗어났다. 새끼를 쓰다듬은 손은 따뜻했다. 나는 아내가 애타게 기다리고 있던 소식을 전해야 했다. 아내의 이름을 크게 불렀다.

"주영아, 나 왔어."

"도경 씨, 오늘 기분 좋아 보이네."

"당신이 좋아할 소식을 가지고 와서 내가 기분이 좋은 거야."

"내가 좋아할 소식?"

"응, 당신이 기다리고 기다리던 소식. 새끼 고양이들 모두 고양이

155

겨울 집으로 들어왔어. 어때? 당신이 기다리던 소식 맞지?"

"정말?"

"응. 조금 전에, 집 안으로 들어오기 전에 새끼 고양이 보려고 고양이 집에 잠깐 들렀어. 내가 가림막을 걷는 순간 새끼 고양이들이 갑자기 밖으로 튀어나왔어. 새끼 고양이들이 놀랐나 봐."

"정말? 지금 가 볼까?"

"지금 가면 새끼 고양이들이 불안해할걸. 내일 가 봐."

"그럴까? 지금 가고 싶긴 한데, 내가 지금 가면 고양이들이 불안해하겠지? 당신 때문에 놀랐는데 내가 가면 더 놀라겠지?"

"응."

아내는 고양이들을 보러 가고 싶은지 계속 현관문을 서성거리다 다시 창문으로 고개를 내밀어 고양이들을 찾았다.

"빨리 날이 밝았으면 좋겠다."

아내는 아이처럼 들떴다. 이미 늦은 시간이라 우리는 빨리 자리에 누웠다. 아내는 서둘러 자려고 했다. 꼭 일찍 자면 아침이 일찍 올 것이라고 믿는 아이처럼, 아내는 눈을 꼭 감았다. 나도 자려고 눈을 감았다. 집 밖으로 튀어나오던 새끼 고양이들이 자꾸만 눈에 어른거렸다. 흐뭇했다. 하지만 마음 한쪽에는 생명을 책임져야 한다는 부담감도 생겼다. 이상했다. 지금은 고양이 가족을 잊어야 할 때다. 눈을 꼭 감고 머릿속으로 들어오려는 고양이 가족을 쫓아냈

156

다. 흩어 버렸다. 하지만 새끼 고양이가 한 마리씩 내 머릿속으로 들어왔다. 나는 다시 고양이 가족을 생각했다. 편안히 눕지도 못하고 옹기종기 앉아 있던, 그마저도 불청객의 등장으로 뛰쳐나가 버리던 두 마리의 새끼 고양이를 생각했다. 그리고 집 안으로 들어가지 못한 채 밖에서 새끼를 지키던 어미 고양이를 생각했다. 그리고 묵직하게 누르는 '책임'이라는 말의 무게를 느끼며, 나는 한동안 잠을 이루지 못했다. 눈을 감고 있던 아내도 잠이 오지 않는지 내게 말을 걸었다.

"도경 씨, 고양이 어떻게 생겼어? 다 노란색이었지? 저번에 언뜻 봤을 때는 노란색인 것 같았는데…. 고양이 집으로 가니 어미 고양이가 하악거리지 않았어?"

"나도 놀라고, 어미 고양이도 놀랐던 것 같아. 어미도 놀랐는지 하악거리지 않았고, 나도 '어어어, 미안.' 하고 뒤로 물러앉았지. 어두워서 잘 보지는 못했는데 노란색은 아닌 것 같았어. 검은색 같기도 하고, 검은색에 하얀색이 섞인 것 같기도 했어. 너무 깜깜해서 어떤 색인지 잘은 모르겠어. 그런데 어미 고양이는 절대로 집 안에 들어가지 않는 것 같아. 겨울에 날씨 추워지면 어미 고양이 힘들 텐데…."

아내는 내 말이 끝나자마자 스마트폰을 만지작거렸다.

"당신, 뭐 해? 이 밤에 어디에 전화하려고? 안 자?"

157

"아, 고양이 겨울 집 하나 더 주문할까 해서, 집이 좁아서 어미 고양이가 집 안으로 들어가지 못했을 수도 있잖아."

"나 보고 놀란 고양이 가족이 고양이 집에 돌아오지 않을 수도 있잖아. 내일 고양이 집에 고양이들 있는지 확인하고 사."

"맞다. 그래야겠다. 빨리 새끼들 보고 싶은데 잠은 또 왜 이렇게 안 오지?"

"나도 잠이 안 오네. 이상하다."

우리는 그러면서 아침을 맞았다. 나는 결국 늦잠을 잤고, 내가 눈을 떴을 때 아내는 내 곁에 없었다. 나는 아내를 찾을 새도 없이 아침의 모든 의식을 생략하고 회사로 출근했다. 회사에 도착한 나는 이제 집에 혼자 있을 아내만을 생각하는 것이 아니었다. 아내와, 그리고 새끼 고양이들, 새끼를 지키는 어미 고양이도 생각했다. 아내는 더는 타지의 시골집에 사는 외로운 사람이 아니었다. 하긴 이사한 첫날부터 그렇긴 했지만. 아내는 확실히 소질이 있었다. 지루한 일상에서 새로운 것을 포착하는 그런 재능이 있었다. 무언가에 사랑을 쏟을 줄 아는, 그런 사람이었다. 아내는 슬픔도 사랑의 본질로 생각하는, 그런 창조적인 자질이 있었다. 나는 그런 아내를 오늘도 사랑하고 있다. 나는 집에 있는 아내의 오늘의 행보가 궁금해졌다.

오후에 집에 도착하니 아내는 마당에서 나를 맞아 주었다. 환한 얼굴로 나를 맞이한다는 것은 새끼 고양이들이 집 안에 들어왔다는 말인데. 아내의 표정은 아내의 행불행을 판단하는 중요한 근거가 되었다. 지금의 환한 표정은 새끼 고양이가 집에 돌아온 상황에서만 나올 수 있는 표정이었다. 아내는 감정 표현 방식 또한 창조적인 솔직함을 가지고 있었다.

"새끼 고양이들, 어디 안 가고 집 안에 있지?"

"응, 당신 그걸 어떻게 알았어?"

"스쳐 지나가는 사람들도 지금 당신의 웃는 얼굴만 보고도 당신한테 좋은 일 생긴 거 다 알걸. 당신, 엄청나게 신나 보여. 발걸음은 또 얼마나 가벼운데…."

"내 표정이 그렇게 밝아 보였나? 새끼 고양이 보고 있으면 귀엽잖아. 시간 잘 가. 그리고 도경 씨, 집도 하나 더 주문했어. 주말부터 날씨 엄청 추워진다고 해서, 집이 좁으면 어미 고양이 밖에서 떨고 있을 것 같아서…. 금요일쯤 집이 도착한다네. 그리고 고양이들이 좋아하는 간식도 주문했어. 선암호수공원에서 고양이 돌보시는 분들이 고양이들은 스크래처scratcher가 꼭 있어야 한다고 하더라고. 그래서 그것도 주문하고, 장난감도 좀 샀어."

"이제 나는 더 열심히 일해야겠네. '고양이는 가슴으로 낳아서 지갑으로 키운다'는 말이 있잖아. 우리도 그 길로 접어들었네. 그래도 당신이 고양이들하고 집에 있다고 생각하니 당신한테 덜 미안하

159

고, 왠지 조금 든든한 느낌도 들어서 나는 좋더라. 당신이 환하게 웃는 모습도 보기 좋고."

우리 둘은 마당의 잔디를 밟고, 저물어 가는 햇살을 받으며 섰다. 서늘한 바람이 우리를 스치고 지나갔다. 집 뒤의 대나무들은 서로 몸을 부딪쳐 차르르 소리를 내며 연신 몸을 흔들었다. 우리 집 옆, 처마 밑에는 검은색 작은 박스가 온기를 품고 그곳에 있었다.

　오빠들이 집으로 들어왔다. 엄마도 함께 왔다. 엄마는 아직
도 이곳을 우리 집으로 여기지 않았다. 집 주위를 돌면서 코를
킁킁거리며 냄새만 맡을 뿐, 엄마는 집 안으로 들어오지 않고
집 밖에서 우리를 지켜보기만 했다.

　"엄마, 엄마, 집으로 들어와."

　"…"

　엄마는 여전히 아침의 시간과 낮의 시간, 밤의 시간과 새벽의
시간에 우리 주위를 맴돌았다.

　저녁의 시간부터 조금씩 날씨가 추워지기 시작했다. 바람은
천천히 공기를 타고 밀려오다 어느 순간 공기를 앞질러 불어오

기 시작했다. 마당에 떨어진 나뭇잎 하나가 방향을 알 수 없는 바람을 타고 앞으로 날아가다 다시 땅으로 내려앉았다. 뒤로 휙 날아가다 다시 하늘로 치솟았다. 밤의 시간은 지나가는 바람조차 얼게 할 만큼 추웠다. 오빠와 내가 누운 바닥은 따뜻했다. 가끔 구멍 사이로 들어오는 바람에서만 한기를 느낄 뿐이었다. 엄마는 언제나 집 밖에서 추위와 함께 있었다. 밖에 있는 엄마가 걱정되어 나는 집 입구에 쳐진 막을 머리로 밀어내고, 밖으로 나갔다. 엄마는 추위 한가운데 우뚝 동상처럼 앉아 있었다. 그리고 엄마는 언제나처럼 저 먼 곳을 바라보고 있었다. 엄마의 기억은 여기를 떠나 어떤 먼 곳으로 떠도는 것처럼 느껴졌다. 나는 다급하게 엄마를 불렀다.

"엄마, 엄마."

엄마는 먼 곳을 바라보던 시선을 거두고 나를 바라봤다. 내 외침으로 엄마를 붙들어 둘 수 있어 다행이었다.

"추운데 왜 나왔니? 어서 들어가. 춥다. 어서."

"엄마, 엄마도 춥잖아. 엄마도 집 안으로 들어와."

"그래, 그래. 어서 들어가. 엄마도 들어갈게."

나는 집 안으로 들어와 누워서 엄마를 생각하며, 엄마를 기다렸다. 기다려도 엄마는 집 안으로 들어오지 않았다. 내가 하나에서 열까지 셀 때까지도 엄마는 집 안으로 들어오지 않았다. 그러다가 나는 까무룩 잠이 들었다. 나는 잠결에 묵직한 한기를 느꼈다. 한기는 제법 오랫동안 우리가 누운 곳에 머물렀다. 엄마가 집 안으로 들어왔나 보다. 나는 계속 잠을 잤다. 어느 순간 낯선 냄새가 우리 집으로 들어왔다. 엄마가 밖으로 후다닥 뛰쳐나갔다.

"하아악, 하아악, 으르릉."

엄마는 가쁜 숨을 내쉬며 낯선 냄새의 고양이를 쫓으려 목에 힘을 주었다. 낯선 냄새는 엄마를 피해 달아났다.

'철커덕, 쿵.'

익숙한 소리가 들려왔다. 가볍지 않은 걸음, 거대 고양이 냄새가 언뜻 풍겨 왔다. 낯선 고양이는 네 개의 동그라미를 단 커다란 물체 밑으로 숨어들었다. 엄마는 커다란 물체 밖에서 낯선 냄새의 고양이와 마주 보고 있었다. 엄마는 부푼 꼬리를 옆으로 흔들어 대며, 몸을 세워 몸집을 크게 만들었다. 으으응 으으응, 한동안 낮은 울림만 이어졌다. 그런 후 낯선 냄새의 고양이와 엄마 사이에는 모든 게 멈춘 것처럼 조용했다. 겨울의 추위만 엄마와 낯선 냄새의 고양이 사이로 오갈 뿐이었다. 낯선 냄새의 고양이와 엄마는 한동안 서로를 바라보고 있었다. 낯선 냄새의 고양이가 커다란 물체에서 벗어나 후다닥 도망가고 나서야 엄마는 눈에서 독기를 빼고 우리 곁으로 돌아왔다. 그러곤

163

엄마는 가쁜 숨을 내쉬며 한동안 마음을 가라앉혔다.

'찰칵, 쿵.'

엄마가 집 안으로 다시 들어오기 전에 분명 문을 여닫는 소리
가 들렸다. 익숙한 냄새와 익숙한 소리가 한곳에 머물 뿐 더는
우리에게 다가오지 않았다. 엄마가 우리 집 가까이 오고 나서야
익숙한 냄새의 거대 고양이가 우리 쪽으로 걸어왔다. 익숙한 냄
새의 거대 고양이는 추위를 뚫고 하얀 연기가 나는 어떤 것을
붙잡고는 서서히 높이를 세우며,

'쪼르르, 쪼르르.'

무언가를 떨어뜨렸다. 뜨거운 물이었다. 익숙한 냄새의 거대
고양이는 느린 걸음으로 걸어와 우리 집 앞에 잠시 머물렀다. 거
대 고양이는,

'철컥, 쿵.'

소리와 함께 어디론가 들어가 버렸다. 엄마는 한참을 밖에 머
물다 다시 집 안으로 들어왔다. 엄마는 웅크리고 누웠다. 나는
엄마의 차가워진 털을 몸으로 비비며 엄마의 털에 묻은 추위를
털어 냈다. 나는 엄마 몸에 머리를 기댔다. 엄마는 숨을 내쉬고,
나는 그 소리를 들으며 잠이 들었다.

◯

　"도경 씨, 일어났어?"

　아내는 언제나 놀라운 소식을 접할 때면 내가 일어나지 않은 것을 뻔히 알면서도 "도경 씨, 일어났어?" 하면서 나를 깨운다. 나는 또 아내의 "일어났어?" 하는 말에 잠에서 깨어나야만 하는 운명을 타고났다. 아내의 환상이 도망가 버리기 전에 나는 눈을 떴다.

　"응, 왜? 오늘은 또 무슨 일이야?"

　"어제 뉴스에서 올해 들어 날씨가 가장 추울 거라고 했잖아. 그래서 내가 새벽에 일어나 고양이들에게 따뜻한 물을 주러 갔거든."

　"응, 그래서?"

　"그런데, 거기에 어미하고 똑같이 생긴 노란색 고양이 한 마리가

165

있더라고. 어미 고양이가 그 고양이와 싸울 듯이 꼬리를 흔들며 '으으응' 하는데…"

"응, 그런데? 그다음에는 어떻게 되었어?"

"걔는 우리 차 밑에 엎드려 있고, 어미는 차 밖에서 노려보고 있는데, 차 밑에서 다리 오므리고 추위에 떠는 고양이도 안됐고, 새끼들 지키려고 으으응 하는 어미 고양이도 안됐더라고. 옷 다 껴입고 밖에 잠깐 나갔다 온 나도 추운데 길에서 사는 고양이들은 얼마나 춥겠어? 길고양이들 겨울을 살아 내기가 정말 힘들다고 하던데, 도시나 시골의 길고양이들 힘든 건 다 마찬가지인 것 같아. 차 밑에서 엎드린 채 추위에 떨던 고양이가 자꾸 머리에 맴돌아. 그 고양이 죽지는 않았겠지?"

아내는 이야기하는 내내 슬픈 표정을 지었다. 스쳐 가는 인연도 소중히 여기는 아내, 아내의 생명 존중 사상은 분명 무슨 일을 내고야 말 것이다. 아니, 이번에는 내가 아내의 슬픈 표정에 이끌려 일을 내고 말았다.

"고양이 겨울 집, 우리가 만들까? 냉동식품이나 냉장식품 배송될 때 스티로폼에 담겨 오잖아. 그거로 고양이 겨울 집 만들면 안 될까? 저번에 고양이 집 배송된 거 보니까 스티로폼에 이사할 때 사용하는 포장 박스만으로 구성돼 있었잖아. 포장 박스는 구하기 힘들 수 있으니 우리는 단열재 사서 스티로폼 안팎으로 붙이면 되지 않을까? 투명 가림막인가, 그것도 주문하면 되지. 수산 시장 근처에도 스티로폼 파는 곳 있을 거야. 신선도 유지하려면 수산물은 스티로폼에 담아야 하니 분명 스티로폼 파는 곳도 그 주위에 있을 거야. 당신 마음 급하면 오늘 당장이라도 그곳에 가서 스티로폼 사와서, 우리가 고양이 겨울 집 만들자. 우리가 만든 집에 고양이들이 들어올지는 모르겠지만, 우리가 집을 만들어 몇 군데 놓아두면 그래도 몇 놈은 그 집에 들어오지 않을까? 그러면 당신 마음도 좀 편해지지 않겠어? 그리고 저번에 산 어미 고양집도 있잖아. 어미 고양이가 거기엔 들어가지 않으니 우선 그 집부터 다른 고양이들이 잘 다니는 곳에 두면 되잖아."

"맞다. 그러면 되겠네."

아내는 내 말에 마음이 벌써 편안해졌나 보다. 슬픔이 기쁨으로 바뀌는 데는 몇 분도 채 걸리지 않았다. 역시 아내다.

아내는 며칠 동안 당장 먹지도 않을 냉동식품과 냉장식품을 몇 개씩 주문했다. 넉넉히 한두 달은 먹을 수 있을 정도의 많은 만두와 생선, 등을 주문했다. 아내는 한 업체에 한꺼번에 많은 것을 주문하지 않았다. 다양한 크기의 스티로폼을 구하기 위해 여러 곳에다 다양한 상품을 주문했다. 며칠 후 다양한 크기의 스티로폼이 우리 집으로 배송이 되었다. 이 표현이 맞다. 아내는 꼭 식품이나 수산물을 주문한 것이 아니라 스티로폼을 주문한 것처럼 보였기 때문이었다. 아내는 참으로 많은 표정과 빠른 실행력을 가졌다. 아내는 11번가에서 산 단열재와 투명 가림막, 양면테이프로 고양이 한두 마리가 들어갈 수 있는 크기의 집을 만들고는 완성된 집에 손을 넣었다.

"도경 씨, 여기 몇 분만 있으면 따뜻해질 것 같아. 단열재를 집 바닥에도 깔아 놓으니까 좋네. 애들이 발톱으로 단열재를 긁지는 않겠지? 긁을 수도 있으니까 밑에는 박스라도 깔아 둘까?"

아내는 혼자서 고양이 집에서 일어날 많은 사건을 상상하며 집을 짓고, 보강하기를 몇 번을 했다. 그리고 아내는 고양이가 잘 다니는 길목에 고양이 집을 하나씩 놔두었다. 아내는 집 앞에 있는 작은 공장에까지 가서 고양이 집을 두고 왔다고 했다.

날씨가 점점 추워졌다. 우리는 몸을 더욱 붙여 누웠다. 엄마는 여전히 밖에 앉아 있었다. 엄마는 언제나 깜깜한 밤이 하늘 꼭대기에 머물 때쯤 우리가 있는 집 안으로 들어왔다. 언제나 그랬다. 오늘은 엄마가 우리 몸을 흔들며 깨웠다.

"일어나 봐, 얘들아. 어서 일어나 봐."

나는 꼭 붙은 눈을 힘들게 떴다.

"엄마, 왜? 엄마는 안 자?"

"밖으로 나가자. 하늘에서 무언가가 떨어져. 비와는 분명 다른, 흔히 볼 수 없는 것이 떨어져. 나중에 너희들도 커서 보게 될 것이지만, 오늘 밤은 엄마와 함께 그것을 보면 좋겠다. 어서

169

나가자."

　나는 엄마를 따라 밖으로 나갔다. 하얀, 어떤 것이 살랑살랑 떨어졌다. 나는 머리를 들어 하늘을 바라보았다. 수많은 하얀 점들이 어두운 하늘에 별처럼 박혀 있었다. 그것은 퍼붓듯 한들거리며 아래로 내려왔다. 나는 떨어지는 하얀 점을 따라 머리를 아래로 떨구었다. 하얀 점은 바닥에 닿자 이내 사라져 버리고, 바닥은 진하게 젖었다. 하얀 점은 물웅덩이에도 떨어져 물속에 잠겼다. 나는 다시 머리를 들어 하늘을 쳐다봤다. 수많은 하얀 점이 각기 다른 속도로 살며시 밑으로 내려왔다. 하얀 점이 내리는 속도에 따라 나도 머리를 천천히 아래로 떨구었다. 하얀 점은 진한 흔적을 남기고 사라졌다. 누런 풀잎이 있는 수평의 공간에는 하얀 점이 쌓여 뭉쳐 있었다. 나는 그곳으로 달려가 발을 대 보았다. 하얀 점이 물로 변한 듯 차가웠다. 엄마와 나는 하얀 점이 쌓인 곳에서 까만 하늘에 박힌 하얀 점을 바라보았다. 하얀 점이 우리에게 몰려와 박혔다. 엄마와 나는 하얗게 변해 갔다.

"도경 씨, 일어나 봐."

"왜?"

"당신은 참 아침잠도 없다. 예전엔 그렇게 늦게까지 자더니만, 여기로 와서는 아침잠이 없어진 것 같아. 요즘 당신 행동을 보면 시골 생활에 최적화된 사람처럼 보여. 아침형 인간으로 변한 것 같아. 땅을 하나 빌려 그냥 농사를 짓지 그래. 나를 깨우지 말고."

"도경 씨도 참, 농담은. 도경 씨, 어젯밤에 눈이 살짝 내린 거 알아?"

"눈 왔어? 울산에 눈 내리는 거 흔하지 않은 일인데…. 나는 당연히 어제 눈 내린 거 모르지. 나는 어제 일찍 잤잖아."

"밤 열한 시 넘어서 눈이 내렸어. 태어나서 처음으로 눈을 접하는 새끼 고양이들의 모습이 궁금해 창문을 열어 봤거든."

"응. 그래서? 새끼 고양이들이 어떻게 했는데?"

"글쎄, 어미 고양이와 나란히 앉은 새끼 고양이는 하얀 눈이 하나씩 떨어질 때마다 위로 든 머리를 아래로 떨구더라고. 그 눈이 떨어지는 속도에 맞춰 고개를 들었다 숙이더라고. 정말 너무 귀여웠어. 나도 새끼 고양이의 시점으로 하얀 눈을 한참을 봤어. 그러니까 마음이 좀 느긋해지는 것 같았어. 사람들도 일상에서 흔히 겪는 일을 새끼 고양이처럼 경이로운 눈으로 바라본다면 '질식할 것 같은 일상의 지루함'과 같은 표현은 하지 않을 것 같아."

아내는 이제 고양이 시점으로 세상을 바라보는 경지에 이르렀다. 하긴 나도 땅에 구르는 나뭇잎을 따라 달려가는 새끼 고양이의 몸짓을 보고는, 팽팽하던 긴장감이 툭 끊어진 적도 있었다. 앞다리를 뻗고, 뒷다리를 뻗어 기지개를 켜는 고양이의 몸짓만으로도 조여 오는 일상의 긴박감이 바람이 빠진 듯 흐물흐물해진 적이 있었다. 그런 느낌이 집과 세상 사이에 균형을 맞춰, 아내와 나를 살아갈 수 있게 했다.

엄마는 예전에 그랬던 것처럼 내가 볼 수 없는 먼 곳으로 눈길을 두는 시간이 많아졌다. 땅에 뒹굴었는지 몸에 흙을 묻혀 오는 날도 잦았다. 또 한 번씩은 우리를 두고 대나무밭을 이쪽저쪽 오가며 아오옹, 아오옹, 울부짖기도 했다. 엄마는 엄마 곁에 우리가 있다는 것을 잊은 것처럼 보였다. 우리가 아닌 누군가를 찾아 헤맸다. 검고 하얀 털을 가진 고양이가 지나가면 엄마는 그곳으로 달려가서 엉덩이를 들이밀었다. 엄마는 조금씩 우리와 멀어지고 있었다. 우리와 떨어져 있는 시간도 길어졌다. 그러다가 어느 순간 예전의 엄마 모습으로 돌아와 우리 곁에 머물렀다.

엄마는 올해 겨울은 예전보다 날씨가 따뜻하다고 했다. 엄마는 따뜻한 해가 나오는 날이 많으면 마음이 울렁거리는 날도 많다고 했다. 한기로 가득한 겨울에 따뜻한 해가 땅을 달굴 때면 엄마는 누군가 그리워진다고 했다. 따뜻한 해를 향한 엄마의 사랑이 깊어질수록 나는 엄마와 점점 멀어지는 것 같아 불안했다. 나는 엄마를 붙잡고 싶었다. 엄마에게 찾아드는 따뜻한 해를 막을 수도 없었고, 나 역시 따뜻한 해가 조금씩 좋아지기 시작했다. 날이 갈수록 엄마는 따뜻한 해에 반응하며 몸을 비비 꼬는 횟수가 많아졌다. 그리고 그 옆에는 오빠들보다 몸집이 훨씬 큰, 검고 하얀색 고양이 한 마리가 엄마 옆에 앉아 있었다. 엄마는 그 고양이와 함께 이리 뛰고, 저리 뛰어다니며 이상한 소리를 냈다. 어느 날은 검고 하얀 고양이가 엄마 등 위로 올라타 엄마의 목덜미를 물었다. 엄마는 목덜미가 물린 채 엎드려 있었다. 엄마는 어느 순간 외마디 비명을 지르고, 어디론가 달려갔다. 검고 하얀 고양이도 엄마를 따라 달려갔다. 엄마는 우리와 점점 멀어지고 있었다. 나는 불안했다.

저녁의 시간에 잠깐 잠이 들었다. 나는 엄마의 울음소리에 잠이 깼다. 엄마는 우리를 누런 풀잎이 누운 수평의 공간으로 데려갔다. 달이 환했다. 누런 풀잎이 환한 달빛을 받아 바람에 일렁였다. 달빛이 너무 환해서 누런 풀잎에 스치는 바람 소리까지 들리는 것 같았다. 오랜만에 엄마와 나란히 섰다. 나는 엄마와 함께 있는 것만으로도 좋았다. 마음에 평화가 찾아왔다. 엄마가 누런 풀잎이 누운 수평의 공간을 가로질러 달렸다. 우리도 엄마를 따라 달려갔다. 엄마는 나무가 있는 곳으로 가, 앞발을 들어 발톱을 그곳에 꽂고는 울퉁불퉁한 껍질을 발톱으로 긁었다. 나도 엄마를 따라 발톱으로 줄기를 긁었다. 시원했다. 엄마는 수평의 공간으로 다시 달렸다. 우리도 엄마를 따라 달렸다. 엄마가 수평의 공간에 엎드려 꼬리를 살랑거리자 나는 엄마 꼬리를 물었다. 엄마는 뒤돌아 나를 물었다. 나는 엄마를 피해 달렸다. 오빠가 엄마를 물었다. 나는 오빠 다리를 물었다가 다시 엄마를 물었다. 엄마는 도망가는 오빠를 물었다. 나도 달려가 엄마의 등을 물었다. 우리는 헉헉거리며 누런 풀이 누운 수평의 공간에 엎드렸다. 겨울이 깃든 풀 냄새를 맡았다. 차가웠지만 따뜻했다. 엄마는 우리와 다시 가까운 사이가 되었다. 지금은 엄마가 우리 곁에 머물고 있었다. 그리고 영원히 멀어질 것 같았다. 우리는 아주 오랫동안 달빛 아래에서 뛰어서 물고 물리는 사냥 놀이를 했다.

　다음 날 아침 엄마는 우리 곁을 떠났다.

○

"도경 씨, 어젯밤에 새끼 고양이들이 엄마하고 사냥 놀이 하는 것처럼 서로 물면서 마당을 막 뒹굴었어. 내가 스마트폰 플래시를 켜서 보니까 고양이들 눈만 반짝거려. 하늘에만 별이 있는 게 아닌 것 같아. 밤하늘의 별이 지상에 잠깐 내려와 떠다니는 것 같았어. 그런데 플래시를 비추는 각도 때문인지 반짝거리는 눈 빛깔이 다 달랐어. 어떨 땐 파란색, 어떨 땐 노란색, 또 흰색. 그런데 다 빛을 내며 반짝거려. 참 예뻐. 시골이라 그런지 밤에 마당으로 나가면 사방이 새까매. 진짜 밤이란 이런 게 아닐까 할 정도로 주위는 온통 까만색이었어. 고양이들은 정말 가볍게 뛰어다녀. 고양이들은 자신의 무게를 빼고 달리는 법을 아는 것 같아. 어쨌든 고양이들이 있으리라 추정되는 곳에 플래시를 비춰 보면 빛이 동동 떠다녀. 도경 씨도 밤에 플래시 켜고 뛰어다니는 고양이들 한번 봐 봐. 요즘은 해가 일찍 져서 저녁 일곱 시만 넘어도 깜깜해지니까 그때쯤 마당에 나가면 스마트폰 플래시로 반짝거리는 고양이 눈 볼 수 있을 거야. 정말 예뻐."

아내는 신기한 것이 어쩌나 많은지 오늘 아침에는 반짝거리는 고양이 눈을 소재로 아주 오랫동안 내게 이야기했다. 아내의 눈빛도 반짝거렸다. 내가 사랑하는 존재, 다른 존재를 향한 사랑으로 아내의 눈빛은 반짝거렸다.

"오늘 퇴근하면 마당에 나가서 애들 반짝거리는 눈 한번 봐야겠네. 참, 요즘 어미 고양이 하이가 발정기인 것 같다고 했잖아. 괜찮아졌어?"

"어제도 수놈 한 마리 찾아왔는데 그 옆에서 몸을 비비 꼬고 난리도 아니었어. 새끼들 옆에서 그러니까 내가 다 민망했어. 쫓아내려다 참았어."

"그럼, 새끼들은 그 옆에서 어떻게 하고 있어?"

"새끼들은 그냥 멀뚱히 쳐다보더라고. 사람이라면 우리 엄마 바람났다고 난리가 났을 텐데 애네들은 본능이니 가만히 보고 있더라고."

"그래? 하이가 오늘도 그랬어? 발정은 일정 기간 지나면 괜찮아

진다고 했잖아."

"응, 그렇지. 그러다 임신이 안 되면 다시 발정이 오고. 그런데 오늘 마당으로 나가 보니 하이는 없었어. 하이가 한 번씩 나갔다가 돌아오니 금방 돌아오겠지."

어미 고양이 하이는 그날도, 그다음 날도 돌아오지 않았다. 아내와 나는 하이를 찾아 나서기로 했다. 쓰지 않은 연차가 많아 나도 하루 연차를 내고 아내와 함께 우리 집 주위를 둘러보기로 했다. 우리는 우선 하이가 한 번씩 생선을 얻어먹던 식당으로 갔다. 점심 시간이 끝나고, 설거지도 다 끝났을 무렵에 우리는 식당에 도착했다. 주인아주머니는 의자에 앉아서 쉬고 있었다.

"안녕하세요?"

"아, 네."

"아주머니. 저번에 여기에 왔던 고양이, 왜 있잖아요, 몇 달 전에 왔던 노랗고 하얀 털을 가진 고양이. 꼭 임신한 것 같다고 했던 고양이."

"아, 네. 그 고양이가 왜요?"

"그 고양이가 우리 집 뒤에서 새끼를 낳고 제법 키웠어요. 그런 데 사흘 전부터 보이지 않아서 찾으러 나왔어요. 혹시 그 고양이 여기에 오지 않았나요?"

"노랗게 생긴 고양이가 몇 마리 오긴 했는데…"

아내는 스마트폰을 꺼내 하이가 찍힌 사진을 아주머니께 보여 주었다.

"새끼들 어미는 배 부분이 하얀색이에요. 앞발과 뒷발도 하얀색이고, 등만 노란색이에요. 여기 자세히 한번 보세요."

"아, 이렇게 생긴 놈 어제 여기 왔었던 것 같은데…. 그런데 노란색 고양이가 이 동네에 몇 마리 있어서 애인지는 잘 모르겠어요. 어제 봤던 고양이가 배 부분이 하얀색 털이었던 것 같긴 한데…."

"어제 왔다고 하니 조금 안심이 되긴 하네요. 우리는 어미 고양이가 혹시나 어디론가 떠난 줄 알고 걱정했었는데…. 혹시 나중에라도 오는지 좀 살펴봐 주시겠어요?"

"네."

"고맙습니다. 수고하세요."

밖으로 나온 우리는 조금은 안심이 되었다. 하지만 한편으로는 식당으로 찾아온 노란색 고양이가 어미 고양이 하이인지 확신할 수 없어 불안했다. 우리는 동네를 돌아다니며 우리의 냄새를 묻히기로 했다. 하이가 우리 냄새를 맡고 집으로 돌아왔으면 하는 바람으로 가능한 넓은 곳까지 걸어 다니며 구석구석에 우리 냄새를 묻히기로 했다.

식당을 나와 자동차 정비 센터 옆의 작은 골목길을 걸어갔다. 아내가 예전에 말한 것처럼 폐가가 있고, 또 그 옆에는 작은 집이 한 채 있었다. 그 집의 장독대에는 고양이 사료와 물이 가지런히 놓여 있었다. 우리는 그곳에 한참을 서 있었다. 혹시라도 어미 고양이가 이곳으로 사료를 먹으러 온다면 우리 냄새를 맡고 마당으로 돌아오기를 바라면서.

그 집을 벗어나 예전에 우리 집 마당에 버려진 종량제 봉투 안에 들어 있던 택배 송장의 주소지로 갔다. 아내가 말한 것처럼 그곳에는 원룸 몇 동이 있었다. 1층은 주차장이었다. 그곳에는 재활용품 수거함이 있었고, 자동차 한 대가 주차돼 있었다. 그런데 갑자기 고양이 한 마리가 뛰어갔다. 노란색이 아니었다. 고등어 색이었다. 그 고양이는 아마도 햇볕을 찾아 쉬고 있었을 것이다. 그 고양이는 다시 햇볕을 찾아 떠나겠지. 원룸은 언덕에 있었는데 그 아래에는 경로당과 작은 공원이 있었다. 햇볕이 잘 드는 곳에 몇 마리의 고양이가 모여 있었다. 우리가 찾던 노란색 고양이도 한 마리 있었다. 아내는 그곳으로 달려갔다. 아내가 달려가자 고양이들이 아내를 피해 뿔뿔이 흩어졌다. 아내는 노란색 고양이를 향해 달려가며,

"하이야, 하이야."

이름을 불렀다. 어미 고양이 하이라면 아내의 목소리를 듣고 걸음을 멈췄을 테지만, 그 노란색 고양이는 아내의 목소리와 멀어지는 곳을 택해 도망가 버렸다. 노란색 고양이를 따라 뛰어가던 아내는 발걸음을 돌려 풀이 죽은 모습으로 걸어왔다.

"하이가 아닌가 봐."

"당신이 소리 지르며 뛰어가니 무서워 도망간 거겠지. 배는 어떤 색이었어?"

"고양이가 워낙 빨라서 배가 어떤 색인지 볼 수 없었어. 아무리 내가 소리를 지르며 뛰어갔다고 해도 하이는 내 목소리는 기억할 거 아니야? 그럼 잠시 멈춰 서서 나를 바라볼 줄 알았는데 그러지도 않았어. 우리 집 마당에서 하이가 새끼들하고 놀고 있을 때 내가 다가가면 하악거리더라도 '하이야.' 부르면 하이는 잠시 멈춰 나를 지긋이 바라보기도 했는데…. 조금 전에 봤던 고양이는 내가 '하이야.' 하고 불러도 그냥 도망가 버렸어. 그 고양이는 하이가 아닌가 봐."

"하이 성격이 바뀐 게 아닐까? 사람은 인격이라고 하는데, 고양이는 묘격이라 해야 하나? 아무튼, 짝짓기를 하고 하이 성격이 바뀐 게 아닐까? 고양이는 짝짓기 후 배란을 하니 임신할 확률이 높잖아. 하이도 임신했다면 어떤 보호 본능이 작동해서 당신을 멀리하고 싶어 할 수도 있잖아. 그런 게 아닐까? 그리고 고양이는 지독한 근시라고 하던데, 당신을 알아보지 못했을 수도 있잖아. 고양이 눈에는 아주 거대하고 이상하게 생긴 고양이 한 마리가 소리 지르며 뛰어오는 걸로 보일 테니, 자신을 사냥하러 온 줄 알고 놀라서 도망간 게 아닐까?"

181

"도경 씨, 그건 아닐 거야. 고양이는 후각하고 청각이 엄청나게 발달해서, 하이가 내 체취와 목소리는 기억하고 있을 거야. 그 고양이는 내 목소리를 듣고도 잽싸게 도망가 버렸어. 도경 씨, 아무리 생각해도 하이가 여기까지 오진 않았을 것 같아. 고양이는 영역 동물인데 하이가 여기까지 오기는 무리일 것 같아. 먹이 구하기 쉽고, 익숙하고 안전한 우리 집 주변에 머물지 않을까?"

"그건 그러네. 그럼 당신은 어미 고양이가 우리 집 근처에 그대로 살 것 같아?"

"우리 집에서 조금만 걸어가면 산이 나오잖아? 그 근처에 집이 몇 채 있던데 그곳으로 한번 가 볼까? 이곳보다 우리 집과 가깝기도 하고, 그곳에서 우리 집까지 밥 먹으러 오기도 쉬울 것 같아."

"그럴까? 하이가 아픈 건 아니겠지? 몸이 안 좋아서 쉬고 있을 수 있잖아. 하이가 아파 보이지는 않았어?"

"그런 것 같진 않았는데…. 도경 씨, 어서 우리 산 아래 집까지 한번 가 보자."

낮은 산 아래에는 집 몇 채가 듬성듬성 있었다. 그곳에는 집을 개조해서 만든 듯한 절도 있었다. 절은 대문을 열어 두었지만, 우리는 절 안으로 들어가지 않고 대문 앞에 섰다. 조용했다. 스님의 말소리가 들렸다. 처마 끝에 달린 풍경이 바람을 따라 이리저리 흔들리며 맑은 소리를 빈 하늘에 퍼뜨렸다. 마당 모퉁이에는 사료가

담긴 하얀 사발이 있었다. 절에 들어가지 않고 우리는 뒤돌아서 그
곳을 나왔다.

"도경 씨, 새끼들 어미, 하이가 이곳에서 지냈으면 좋겠어. 절이
라 그러지 조용하고, 나중에 새끼들 낳아도 기르기도 수월할 것
같아."

"나도 그 생각 했어. 잘 다듬어진 잔디도 그렇고, 마당 주위에 작
은 나무도 몇 그루 있고, 창고 같은 것도 있어서 하이가 새끼들 낳
고, 키우기에는 좋을 것 같아."

"도경 씨, 동네 주위를 돌아다녀 보니 나는 왠지 안심돼. 고양이
사료 챙겨 주시는 분들도 많고, 군데군데 고양이가 지낼 곳도 많잖
아. 이곳은 생명을 키우는 곳 같아. 낮에는 웅성거리는 일하는 소
리로 사람을 키우고, 밤에는 고요히 고양이를 키우잖아. 혼자만 살
기 위해 아등바등하지 않아서 좋아. 여기는 함께 살아가는 곳 같
아. 나는 여기서 계속 살아도 좋을 것 같아."

"그럼, 난 연장 근무 신청해야겠네. 이곳은 사람들이 기피하는
곳이라 내가 여기 계속 있겠다고 하면 회사에서는 좋아할 거야."

"그래. 도경 씨, 여기서 글도 쓰고, 아이가 생기면 아이도 낳아
기르고."

"당신 이제 아기도 낳을 생각이네?"

"응. 어미 고양이가 새끼 낳고 기르는 거 보면서, 나도 아이 낳고

기르고 싶어졌어."

"당신은 역시나 창조적인 사람이야. 열악한 환경에서 새끼를 낳고 기르는 고양이를 보며 아이 낳을 생각을 다 하다니⋯. 그런데 나는 아이가 없어도 돼. 당신과 우리만 행복하면 돼. 그것으로 충분해."

"나도 그렇긴 하지만, 아이가 생긴다면 나는 낳아서 기르고도 싶어."

"당신이 좋다면 나도 찬성."

"그런데 도경 씨, 하이가 우리 집에 돌아오지 않더라도 아까 본절에서 하이가 살아간다고 생각하면 나는 마음이 편안해. 우리 곁에서 지내면 더 좋겠지만 말이야. 아마도 하이는 좋은 밥자리 새끼들한테 물려주고 다른 곳으로 떠났을 수도 있어."

"어미 고양이는 끝까지 위대하네."

나는 엄마가 다시는 우리 곁으로 돌아오지 않을 것을 알았다. 밤의 시간에 우리를 풀이 누운 수평의 공간으로 데려가 사냥 놀이 하는 엄마는 울음을 참는 듯 몸을 떨었다. 엄마는 내 등을 깨물고는 오랫동안 놓지 않았고, 오랫동안 나와 코를 맞대고 내 눈을 핥고, 내 몸을 핥았다. 그리고 엄마는 우리와 몸을 맞대고 누워 오랫동안 우리와 살았던 이곳을 바라보았다. 엄마는 코를 킁킁거리며 이곳의 냄새를 엄마의 몸 안으로 집어넣으려는 것 같았다. 우리의 냄새도 마른 풀 냄새, 푸석거리는 흙냄새와 섞여 엄마 몸속으로 들어갔다. 그래서 영원히 엄마의 기억 속에 살게 하려는 것처럼, 엄마는 오랫동안 나와 오빠들 몸에 코를 댄 채 킁킁거렸다. 겨울의 시간이라 나무는 이미 잎을 떨군 지 오래고, 그동안의 노고에 지친 흙은 모든 냄새를 토해 내 마당 이곳저곳에 뿌려 놓고는 담을 넘어 날아갔다. 이곳에는 계절이 스쳐 간 누런 풀들이 우리를 받쳐 주고 있었다. 그리고 나는 오랫동안 그곳에 누워 엄마와의 마지막 시간을 마음에 새겨 두었다. 나는 엄마가 그랬던 것처럼 엄마와 마지막으로 함께한 수평의 공간으로 가 누워 있기를 좋아했다. 그곳에 누우면 돌아오지 않는 엄마가 내 곁으로 돌아와 함께 누워 있는 것처럼 느껴졌다. 나는 먼 곳을 바라보았다. 그러면 엄마는 내가 놓은 시선의 다리를 건너 내게로 왔다.

○

나는 오전 근무라 아침 일찍부터 서둘렀다. 습관처럼 마당에 나가 새끼 고양이가 있는 집에 들렀다. 여전히 어미 고양이 하이는 돌아오지 않았다. 하이가 집을 나간 지 벌써 일주일이 지났다. 나는 새끼들에게 밥자리를 물려주고 좋은 곳으로 찾아갔을 것이라고, 어미 고양이와 우리에게 유리한 쪽으로만 생각했다. 하지만 더는 새끼들의 집을 지키지 않는, 하이의 빈자리는 한 번씩 우리를 허전하게 했다. 꼭 중요한 뭔가가 빠져나간 것 같았다. 그리고 가끔 불안했다. 나는 마당을 둘러 보고 차를 운전해 집을 나섰다. 골목길을 지나 왕복 8차선 도로로 진입하려고 차를 세우고는 도로에 달리는 차들이 줄어들기를 기다렸다. 차를 몰아 막 도로를 진

187

입하려는데 도로 한가운데 어떤 물체가 있었다. 분명 굴러다니는 비닐이나 스티로폼 같은 것은 아니었다. 그 물체는 옆으로 누워 있었다. 그리고 달리는 차들의 속도에 맞춰 들썩거렸다. 나는 누워 있는 물체의 정체가 궁금해 차를 후진해 세워 두고는 차에서 내렸다. 노란색의 등, 하얀색의 목과 배의 털, 일주일째 들어오지 않던 어미 고양이 하이였다. 분명했다. 하이는 달리는 차로 인해 계속해서 들썩거렸다. 피를 흘리고 있었다. 순간 나는 눈물이 핑 돌았다.

"하이야, 하이야."

도로에 누운 어미 고양이가 언뜻 나를 향해 머리를 드는 것 같았다. 아니었다. 지나가는 차들로 인해 몸과 함께 머리가 들썩였던 것이었다. 나는 혹시나 하는 생각에, 아니 혹시나 하는 기대에 하이가 아니기를 바라는 마음으로 아내에게 전화했다.

"주영아, 도로에 고양이 한 마리 누워 있어. 노란색이긴 한데 어미 고양이 하이 같기도 하고…. 어미 고양이는 아니어야 하는데…. 어쨌든 도로에 고양이 한 마리가 누워 있어. 죽은 것 같아. 움직이지를 않아. 나는 출근해야 하는데…. 당신, 지금 여기로 나올 수 있어?"

"어, 어."

아내는 아무런 인사말도 없이 다급하게 전화를 끊었다. 나는 회사로 가는 내내 마음이 불안했다. 모든 고양이의 죽음은 슬프고,

안타깝다. 하지만 이번 죽음만은 어미 고양이 하이가 아니어야 했다. 마음이 착잡했다. 그리고 나는 회사에 도착했다. 근무하는 동안 도로에 누워 있는 고양이 모습이 떠올랐다.

"하이야, 가면 안 돼."

나는 회사 일을 겨우 마무리했다. 시간이 어떻게 이렇게 흘러가, 내가 퇴근할 오후가 되어 있었다. 집으로 돌아가야만 하는 시간이 되었다. 집에 빨리 가야만 하는데 차를 운전하는 나는 자꾸만 허둥댔다. 아침에 하이, 아니 노란 고양이가 누워 있던 곳이라고 추정되는 곳으로 천천히 운전해서 갔다. 고양이는 사라지고 없었다. 달리는 차의 속도 때문에 노란색 털 몇 가닥이 길바닥에 달라붙어 나부끼고 있었다. 나는 집에 겨우 도착했다. 그리고 아내의 이름을 불렀다. 아내의 눈은 부어 있었다. 나는 도로에 누워 죽어 가던 고양이가 누구인지 답을 알면서도 아내에게 물었다.

"하이는 아니지?"

"도경 씨… 하이 맞아. 그런 것 같아. 하이는 목에서부터 배까지 하얀색 털이 나 있는데 도로에 누운 애도 그랬어. 하이를 데리고 와서 마당에 묻어 주고 싶었는데 차가 쉴 새 없이 와서 그렇게 할 수 없었어. 달리는 차에 밟혀 내장이 터지고, 살점이 떨어져 나갔어. 하이 몸이 사라질 때까지 길가에 서서 나는 지켜보는 것밖에는 할 수가 없었어. 보는 게 너무 힘들었어. 그래도 하이 혼자 보내고 싶지 않아 끝까지 지켜봤어."

아내는 이야기하는 내내 눈물을 흘렸다. 나도 아내와 함께 한참을 울었다. 아내 말로는 몇 분도 안 돼서 고양이 형체는 사라졌다고 했다. 우리가 살아가는 세상은 고양이가 가죽을 남길 시간조차도 허락하지 않는다고 했다.

"도경 씨, 동물들은 죽으면 무지개다리를 건넌다고 말을 하잖아. 그런데 무지개는 지상에 닿지 않잖아. 세상과 연결되지 않는 다리, 그래서 동물들이 길 위에 사는 동안 고생하고, 죽어서야 행복해질 수 있다는 말인 것 같아."

아내와 나는 한참을 울었다.

"주영아, 밤에 우리 10월에 다녀왔던, 왜 있잖아? 고양이가 물어왔던 종량제 봉투 안의 달력에 있던 공장, 그곳으로 한번 가 볼까?"

"거긴 왜?"

"하이가 어떻게 새끼들 먹여 살렸는지 우리가 기억해야 할 것 같아서…. 그래야지 어미 고양이의 삶이 우리에게 와닿을 것 같아. 우리가 새끼들 돌보며 어미 고양이 삶을 들려줘야지."

"도경 씨 말이 맞는 것 같아. 하이 몸이 사라졌으니 우리가 묻어줄 수도 없고, 우리가 하이가 다녔을 법한 곳으로 가서 하이를 기억하는 것도 뜻깊을 것 같아. 그런데 지금 안 가고 왜 하필 밤에

190

가?"

"낮은 사람의 시간이고, 밤은 고양이의 시간인 것 같아. 우리도 한 번쯤은 고양이들 삶에 맞춰 살아 봐야 할 것 같아."

"맞아."

우리는 차를 운전해서 달력의 공장으로 출발했다. 도로에 진입하기 전에 어미 고양이 하이가 누워 죽어 가던 곳에 잠깐 멈췄다. 눈물이 핑 돌았다.

"주영아, 나 이제 차 운전할 때 도로를 볼 수 없을 것 같아."

"왜? 하이 때문에?"

"응. 도로에 고양이가 죽어서 누워 있을 것 같아서…. 도로를 볼 수 없을 것 같아."

"도경 씨, 나도 그래. 옆에 탄 나는 잠깐 눈을 감으면 도로에서 죽은 고양이 보지 않을 수도 있는데, 운전하는 도경 씨는 그럴 수도 없잖아. 힘들겠다."

"도로에 고양이가 죽어 있지 않기를 기도하는 수밖에 없어."

깜깜한 세상에 빛을 달고 선 공장, 우리는 공장의 숲으로 들어갔다. 예전에 그랬던 것처럼 공장 앞의 자갈이 깔린 주차장에 우리는 차를 대고 흐느끼며 울었다. 어쩌면 이곳에 먹이 잃은 또 다른 고양이들이 서성이고 있을지도 모르겠다.

차를 몰아 다시 집으로 왔다. 그리고 우리는 마당에 차를 세워

191

두고, 건물과 건물 사이의 좁은 골목길을 따라 원룸 단지로 걸어갔다. 우리는 고양이처럼 조용히 걸었다. 우리가 걷는 밤의 골목길은 건물도 숨죽이고, 사람도 숨죽이고 있었다. 고요했다. 원룸 단지에 도착했다. 집 안의 작은 불빛이 사람의 숨처럼 그곳에 붙어 있었다. 빛이 부드럽게 새어 나왔다. 거친 세상을 산 어미 고양이 하이가 건너갈 무지개다리도 저 불빛처럼 부드러웠으면 좋겠다. 우리는 다시 집으로 돌아왔다.

지금 새끼 고양이들은 마당에서 놀고 있다. 그런데 마당이 텅 빈 것 같다. 어미 고양이 하이가 사라진 7일 동안은 그래도 하이가 어딘가에서 잘살고 있겠지 생각하고 있던 터라, 새끼 고양이들만으로도 마당은 꽉 찬 것처럼 느껴졌다. 하지만 어미 고양이 하이의 죽음을 확인한 지금은 꼭 있어야만 하는 어떤 것이 빠져나가 버린 것 같아 마음이 힘들었다. 마당을 뛰어다니며 노는 새끼들이 더 안쓰럽게 느껴졌다. 나는 새끼들을 향해 소리쳤다.

"너희 엄마 무지개다리 건넜어. 너희들도 알고는 있어야 할 것 같아서 말하는 거야. 너희들 엄마 잊으면 안 된다."

요 며칠 동안은 아내도 힘을 잃었다. 나 역시 힘을 잃었다. 우리는 소파에 앉아 잃은 힘을 더 뺐다. 옆에 앉은 아내는 습관처럼 스마트폰을 만지작거렸다.

"도경 씨, 도경 씨."

"내 이름을 이렇게 다급하게 부르는 것도 오랜만이네. 왜?"

"여기 사진 봐 봐."

"왜?"

"저번에, 마당에 종량제 봉투 버려졌을 때 찍은 사진인데, 그 사진 한 귀퉁이에 하이가 있었어."

"어디, 어디 한번 봐."

쓰레기가 흩어진 끝, 나무가 쌓인 곳에 하이가 앉아 있었다. 하이는 우리 집에 밥 먹으러 오는 하얀색 털에 검은색 털이 조금 섞인 감이와 검은색에 하얀색 털이 조금 섞인 콩이와 함께 나무 쌓아 놓은 곳에 앉아서 아내를 바라보고 있었다.

"어, 정말? 진짜네."

"당신, 그때 어미 고양이 하이인 줄 알았어?"

"사진을 찍을 때는 분명 의식한 것 같은데 그러고는 잊어버린 것 같아. 사진을 몇 번을 돌려 보긴 했는데, 버려진 쓰레기에 신경 쓰느라 저 멀리에서 하이가 나를 바라보고 있는 것을 인식하지 못 했어."

"10월 초면 새끼들 낳고 한 달 반 가까이 지났을 무렵인데 뒷집에서 사료를 중단했을 때가 6, 7월쯤이니, 하이가 새끼들 임신했을 때 엄청 힘들었겠다. 임신한 채로 종량제 봉투 물고 원룸 단지와 우리 집을 오갔다는 건데, 새끼들 살리려고 그렇게 무거운 종량제 봉투 물고 여기로 왔나 봐. 하이 진짜 힘들었겠다."

"새끼를 살리려는 어미 고양이의 본능적인 행동이었겠지만, 그 행위가 숭고하게 느껴지네."

우리는 어미 고양이를 찍은 사진을 한참을 봤다. 애들과 놀고 있는 모습, 바닥에 누워 새끼들에게 젖 물리고 허공을 바라보는 모습, 사료 먹는 모습, 다가가는 아내에게 하악거리는 모습, 입으로 아이 목덜미를 물어 어디론가 데려가는 모습…. 그리고 돌기둥에 오랫동안 앉아 있는 모습, 어미 고양이의 삶은 언제나 새끼들의 삶으로 향하고 있었다. 우리는 다시 울었다. 사진은 엄마의 시간을 기록했다.

나는 아내와 함께 마당으로 나갔다. 나는 아내가 말한 것처럼 스마트폰 플래시를 켜서 마당을 비췄다. 반짝이는 작은 빛들이 마당을 동동 떠다니고 있었다. 작은 빛들이 뛰었다. 작은 빛이 우리 가까이 다가왔다. 멈추고, 반짝 빛을 내며 사라졌다. 그리고 다시 꼬리를 세워 우리에게로 오고 있었다.

넓은 마당에서 엄마 냄새는 사라졌다. 엄마는 언젠가 우리에게, 모든 공간은 시간을 내포하고 있다고 했다. 그리고 언젠가는, 죽음도 삶의 일부라고 이야기했다. 엄마와 우리는 끝없이 이어지는 시간 위에 삶의 서로 다른 형식, '삶'과 '죽음'으로 살아간다. 다른 공간에서 같은 시간으로 살아간다. 엄마는 무지개다리 너머 먼 곳에서, 우리는 지상에서 같은 시간으로 살아간다.

엄마, 안녕.

작
가
의

말

o

조용히 이름을 불러 봅니다.

하늘에 계신 두 분의 아버지, 그리고 연로하신 두 분의 어머니, 차임출 여사님, 이진효 여사님. 그리고 늘 큰언니라 불러 한 번씩 이름을 잊은 적이 있는 문애 언니, 선향 언니, 주향 언니, 상희 언니, 상원 오빠, 그리고 상개 주택에 사는 오빠들, 조카들. 저의 정서를 만들어 주신 분들입니다.

중학교 2학년 때부터 지금까지 조건 없이 사랑을 베풀어 주신 정재선 선생님, 그리고 최근에 다시 뵙게 된 양희 선생님. 선생님들의 사랑 덕분에 저도 누군가에게 사랑을 베풀 줄 아는 사람이 되었습니다. 고맙습니다.

○

그리고 나의 친구들, 선영이, 명희, 복희, 남희, 정희, 경희, 미향이, 은아, 경미, 강지연, 옥지연, 성미, 정화, 혜란 언니, 귀정 언니. 누군가 "친구는 자기가 선택한 가족"이라고 했습니다. 이들은 저의 또 다른 가족입니다.

그리고 저의 제자들. 저에게 그들의 인생에서 가장 순수한 순간을 함께할 수 있는 기회를 주었습니다. 그래서 제가 오랫동안 늙지 않고 살아갈 수 있게 합니다. 얼마 전 "낮말은 새가 듣고 밤말은 쥐가 듣는다."라는 속담의 뜻을 아이에게 물은 적이 있습니다. 그러니 대뜸 "그래서 카톡을 보내야 해요." 현명한 답을 합니다.

그리고 목련암 스님.

그리고 마당에 사는 나의 고양이들, 똘이, 자미, 양이, 추장이, 까뮤, 꾸야, 눈이, 곱창이, 짜장이, 호빵이, 카이, 고미, 뚱이, 꼬리,

○

우이, 대빵이, 콩이, 어디론가 떠나 버린 조이, 감이, 그리고 작년에 무지개 다리 건넌 똘이, 자미, 조이의 엄마 하이.

작품 구상하고 글쓰는 내내 브랜디 칼라일의 「Every Time I Hear That Song」을 들었습니다.

내가 그의 이름을 부르면
그는 내게 와서 꽃이 되었습니다.

그리고 글쓰기를 결심하고, 공모전에서 떨어질 때마다 용기를 준 정희에게 특별히 고맙다는 말 전하고 싶습니다.

길고양이들, 올해도 추운 겨울을 무사히 잘 보내기를 바랍니다.